Tim Noack

Musterspuk

Tim Noack

MUSTER
SPUK

Geschichten
Gedichte
Gedanken
und
Schwungseiten

Gewidmet dem, was uns alle verbindet.

Bibliografische Information der Deutschen Nationalbibliothek:
Die Deutsche Nationalbibliothek verzeichnet diese Publikation
in der Deutschen Nationalbibliografie; detaillierte bibliografische
Daten sind im Internet über http://dnb.dnb.de abrufbar.
Die automatisierte Analyse des Werkes, um daraus Informationen insbesondere über Muster, Trends und Korrelationen gemäß
§44b UrhG („Text und Data Mining") zu gewinnen, ist untersagt.

Verlag: BoD · Books on Demand GmbH,
In de Tarpen 42, 22848 Norderstedt
Druck: Libri Plureos GmbH,
Friedensallee 273, 22763 Hamburg
ISBN: 978-3-7597-5982-5

Inhalt

Der Zaungast

Eines Tages vergaßen meine Eltern, mich vom Kindergarten abzuholen. Der kringelige Zaun vor dem Gebäude hatte einen ausladenden Steinsockel. Ich setzte mich darauf, wartete und blickte in Richtung der Bahnschranken, hinter denen mein Wohngebiet lag. Die kleine Kunstledertasche zum Umhängen, in der ich eine Brotbüchse und eine Trinkflasche aufbewahrte, ruhte auf meinem Schoß. Mit meinen Augen und Fingern folgte ich den dunklen Rillenmustern, die sich unregelmäßig und scheinbar ziellos über die Oberfläche zogen.

Alle Kinder, Eltern und Kindergärtnerinnen waren bereits nach Hause gegangen. In der einsetzenden Dunkelheit konnte ich die Spielgeräte hinter dem Zaun nur noch schemenhaft erkennen: ein Kletterturm in Raketenform, zwei knarzende Holzwippen, von denen eine seit jeher kaputt gewesen war, sowie ein kleines Karussell in lustigem Rot und Gelb. Am liebsten mochte ich das Holzauto, das sich mitten im großen Sandkasten befand. Es hatte zwei Sitzbänke und als Lenker eine glattgegriffene Holzscheibe, die sich drehen ließ. Mit diesem Wagen durchfuhr ich die Straßen unserer Stadt. Rechts neben mir saß meine Freundin Romi mit ihrer kastanienbraunen Herzchenweste. Die Rückbank musste freibleiben für alle Schätze, die wir einzusammeln gedachten. Ich kann mich an keinen Satz erinnern, den Romi und ich gewechselt haben. Ich kann mich nicht erinnern, dass wir jemals einen Satz gewechselt haben. Doch unser Ziel schien dasselbe. Romi legte beim Fahren immer ihren Arm um meine Schulter. Das war schön.

Mit der Zeit haben sich einige Nähte meiner Tasche aufgelöst, wodurch sie sich in eine Art Unterlage oder Teller verwandelt hat. Ab und zu legen Passanten Münzen oder Essen darauf. „Meine Güte, wie groß der Junge geworden ist!", sagen die Vorbeigehenden, wenn sie mich noch von früher kennen.

Ich lehne beim Sitzen mit dem Rücken am Zaun. Meine Sitzfläche ist schmal geworden, aber es geht. Hin und wieder recke ich den Kopf und blicke mich um. Hinter der anderen Seite des Kindergartengeländes liegt ein verwilderter Abhang, an dem ich im Frühjahr Weißdornsträucher blühen sehe.

Ich mag das Pflaster auf dem Bürgersteig. Es gibt helle und dunkle Steine. Die hellen bilden den Hintergrund und die dunklen formen mit wenigen Linien einen Blütenkelch. Hat man das Muster einmal erkannt, sieht man, wie es sich stetig wiederholt. Das Auge folgt dem Muster bis zu der Stelle, an der das Pflaster endet und durch einen Sandweg ersetzt wird. Der Kindergarten liegt am Stadtrand, noch jenseits der Bahnschranken. Im Laufe der Jahre hat sich die Pflasterung von der Stadtmitte immer weiter ausgedehnt. Früher, als ich noch mit dem Holzauto fuhr, gab es vor dem Kindergarten nur eine Sandpiste. Ab und zu frage ich Eltern, die gerade ihre Kinder abgegeben haben, ob in der ganzen Stadt dasselbe Muster verlegt ist.

Heute Nachmittag saß eine Weile ein Kind neben mir. Es starrte fasziniert auf meine Kunstledertasche, auf meinen Kunstlederteller. Ich schenkte ihm eine der Münzen. Über der Zahl auf dem Geldstück war ein winziges „A“ eingeprägt. Wir beide rätselten über seine Bedeutung. Dann wurde das Kind abgeholt. Ich beobachtete fasziniert, wie es aufstand und losging.

Wie ich hörte, ist meine Kindergärtnerin verstorben. Jedes Mal, wenn ich sie kommen sah, versteckte ich mein Gesicht hinter dem Zaunpfeiler. Ich vermute, dass sie mich trotzdem immer gesehen hat und schäme mich jetzt dafür. Die Leute sagen, sie sei noch nicht einmal 50 gewesen, als sie fortging. Ich weinte lange.

Nachts ist es hier am Zaun sehr still. Kann sein, dass es an der Schneedecke liegt. Früher haben sich die nahegelegenen

Bahnschranken mehrmals pro Tag geräuschvoll geöffnet und geschlossen. Dann ragten sie nur noch regungslos in die Höhe, wie zwei überdimensionierte Mikadostäbchen. Später hat man sie komplett demontiert. Ich nehme an, dass die Schienen mittlerweile von Gestrüpp überwuchert sind. Als ich früher zum Kindergarten gegangen bin, habe ich meine Füße immer so gesetzt, dass die Schienen nicht berührt werden. Vollständiges Überdecken mit den Schuhen war auch in Ordnung – aber so ein halbes, angerissenes, unvollständiges Betreten des Metalls durfte nicht sein. Mein Bruder und ich haben einmal Münzen auf die Gleise gelegt. Als der Zug heranrauschte, sind wir in Panik die Böschung hinuntergekullert. Meine Beine waren zerkratzt, meine weiß-braune Strickjacke war mit Kletten übersät. Die flachgepresste Münze habe ich neulich in einer Geheimtasche meiner Hose gefunden. Sie glänzt fahl im Mondlicht.

Als wir zu viert Pilze sammeln waren, entdeckte mein Vater eine Lichtung, auf der Dutzende Pfifferlinge im Kreis wuchsen. „Das ist ja ein richtiger Hexenring!", rief er schallend durch den Wald. Seinen prallgefüllten Flechtkorb mitsamt Messer habe ich noch vor Augen. In seiner Hochstimmung berichtete er uns von der verheerenden Giftwirkung des Grünen Knollenblätterpilzes. Sein Blick war dabei vor Faszination ganz verklärt.

Die Mutter von Tobias aus dem Nachbarhaus berichtet mir von der Scheidung meiner Eltern. Mein Vater sei in die Hauptstadt gezogen. Wo auch immer das sein mag. Ich stelle mir vor, wie er dort von einer jubelnden Menschenmenge begrüßt wird. Laternen sind mit Girlanden geschmückt. Frauen mit bunten Blumensträußen winken ihm freudig-erregt zu. Er hat immer gesagt, dass er zu Höherem berufen sei.

Ich frage mich, wie mein Bruder nun ohne Vater klarkommt. Ich freue mich für meine Mutter und meinen Bruder, dass sie jetzt die

Schläge nicht mehr erdulden müssen. Nun, da es in der Nacht keinen Lärm mehr gibt, können beide sicher ruhiger schlafen.

Tobias' Mutter setzt sich neben mich, streicht mir mit der Hand über den Kopf und beginnt zu schluchzen. Verwirrt versuche ich, sie zu trösten. Sie hat ein gutes Herz, irgendetwas scheint sie zu bedrücken.
Ihr Sohn rief mir häufig „Jimmy Glitschi Kartoffelfresser!" hinterher, während er wild mit den Armen zappelte und Grimassen schnitt. Kartoffeln schmecken mir, doch meine Leibspeise sind Eierkuchen.

Mitten in der Nacht erwache ich mit dem Geruch von Bohnerwachs auf Holzstufen in der Nase. Unsere Hausnummer war durch 13 teilbar. Die Eingangstür des Hauses bestand aus silbrigverwittertem Holz, der Eingangsbereich war mattgelb gefliest. Manchmal musste ich beim Hoch- oder Runtergehen jede einzelne Stufe dreimal mit meinen Füßen berühren. Sonst hätte es nicht gegolten.
Nachdem Panzerkolonnen mit dumpfem Dröhnen durch unsere Straße gerollt waren, entstanden jedes Mal weiße Rillenmuster auf den Pflastersteinen. Als ob eine riesige Kinderschar lauter kleine Kreidestriche gezogen hätte. Mit dem nächsten Regen verschwanden die Linien wieder. Eingehüllt in den tröstlichen Duft von Straßenstaub, der vom Regen aufgewirbelt wird, schlafe ich ein.

Die Leute sagen, meine Heimatstadt sei ein kleines Juwel. Die Bewohner lieben die altertümlichen Häuser, verwinkelten Gassen und schattigen Parks. Ich stelle mir den großen Baum im Stadtpark vor und freue mich für alle Menschen, die hier Wurzeln schlagen dürfen. Ich wünsche ihnen von Herzen, dass sie nicht zu Höherem berufen sein mögen.

Mein Sitzplatz auf dem Steinsockel fühlt sich poliert und geschmeidig an, wenn ich mit der Hand darübergleite. Durch die

Zaunkringel schaue ich den Kindern beim Toben zu. Die Holzwippen wurden durch Metallausführungen ersetzt, doch eine von ihnen ist defekt und mit einem Absperrband umwickelt. Die Kletterturmrakete ist davongeflogen. Man hat sie durch eine bodenständige Kletterwand ersetzt. Der Sandkasten ist noch da. In seiner Mitte steht ein fadenscheiniges Holzauto. Sein Lenker ist abgefallen, das Auto dient nun als Boot. Die Kleinen segeln johlend durch ein Meer aus Sand.

Das Gehwegpflaster reicht inzwischen bis zu der Stelle, an der der alte Geheimweg nach links abzweigt. Früher haben die Pflasterer im Knien gehämmert. Klock, klock, klock. Heute sehe ich, wie schreiende Männer eine scheppernde Maschine vor sich herschieben. Der Lärm ist selbst aus der Entfernung ohrenbetäubend. Wenn man weiß, wie man den rissigen Trampelpfad gehen muss, gelangt man bis zum Fluss. Die Weiden am Ufer haben mir niemals Angst eingejagt. Einmal war ich allein am Wasser unterwegs und beschloss spontan, durch den Fluss zu schwimmen.
Auf dem Hinweg erwischte mich keiner der Strudel. Alle haben uns stets vor den Strudeln gewarnt. Man soll sich bereitwillig herunterziehen lassen und dann vom Grund kräftig schräg nach oben abstoßen. Einer meiner Onkel war vor zig Jahren als Junge ertrunken. Er konnte nicht schwimmen. Eines Tages behauptete er überraschend, jetzt schwimmen zu können. Er sprang in einen Fluss und ging unter. Seine Brüder standen stumm am anderen Ufer und sahen zu. Der Onkel kam so bald nicht wieder zum Vorschein. Erst später, doch da atmete er nicht mehr. So wurde es vom Vater berichtet. Er pflegte sein Leben in kleine Geschichten zu verpacken. „Auf die passende Pointe kommt es an“, betonte er stets. Was auch immer er damit meinte. Einmal hat er Fliegenpilz in den Familieneintopf gegeben. Er wollte mal sehen, wie wir darauf reagieren: „Ihr habt anschließend 24 Stunden geschlafen.“
Auf dem Rückweg, kurz vor dem Ziel, wurde mir plötzlich sonnenklar, dass ich nun ertrinken würde. So geht das also, dachte ich. Als ob es mich nichts anginge. Als ob es jemand anderem widerfahren

würde. Das Wasser war schlammbraun und muffig. Schließlich strampelte ich in wilder Verzweiflung mit den Füßen. Meine Schienbeine stießen schmerzhaft gegen spitze Kiesel. Ich kniete am Ufer.

Der Strand bot eine reiche Auswahl an flachen Steinen. Ich suchte ein paar passende heraus und schlug meinen Rekord im Flippern. Dann schwor ich mir, niemals auf unbedachte, unnötige, überflüssige, empörende oder verletzende Weise zu sterben.

Aus einer Unterhaltung zweier Mütter im Eingangsbereich des Kindergartens schließe ich, dass mein Vater in einer hochrangigen hauptstädtischen Einrichtung als leitender Arzt tätig ist. Der Wind trägt mir die Wortfetzen „grandios", „Habilitation" und „Toxikologie" zu. Was auch immer das bedeuten mag.

Echos von Musik dringen an meine Ohren. Vorn am Bahnübergang sehe ich einen Bus mit jungen Menschen vorbeifahren, die aus voller Kehle singen. Zwischen ihnen leuchtet der feuerrote Haarschopf meiner Mutter durch ein Fenster. Das Gemisch aus Motorengeräusch und Gesang begleitet mich noch eine Weile.

Seit Wochen habe ich weder Kinder noch ihre Eltern gesehen. Das Eingangstor zum Kindergarten ist mit einer dicken Kette verschlossen. Der Wind bürstet brüchige Blätter über den Boden. Der Zaun, an dem ich lehne, ist lange nicht mehr gestrichen worden und rostet. Der Putz auf der Wetterseite des Gebäudes beginnt zu bröckeln. Dort war früher die Küche. Ich denke an Kinder in Hausschuhen, die Schlange stehen, um Teller mit Milchnudeln in Empfang zu nehmen. Romi steht vor mir. Eine Kindergärtnerin passt neben dem Ausgabefenster auf. Sie sagte mal zu uns: „Frauen bekommen Kinder, dafür müssen Männer zur Armee. Das gleicht sich aus."

Vor dem Mittagessen war immer Beschäftigung. Die Jungs stürzten sich auf die Kiste mit Spielsoldaten aus Hartgummi. Wer den Kommandeur mit der Pistole erwischte, durfte der Anführer sein.

Meine Lieblingsfigur war ein kleiner Polizist mit sonnigem Lächeln. Wir nannten ihn den Schutzmann.

Auf das Mittagessen folgte immer die Mittagsruhe. Mehrfach verschlief ich die Kaffeezeit. Die Kindergärtnerinnen sagten, sie brachten es nicht übers Herz, meinen tiefen Schlaf zu stören. Doch tatsächlich glaube ich, dass ich unweckbar war. Ich träumte wiederholt von einem Riesen, der aus der Ferne heranstapfte und sich dann wie ein dunkles Zelt über mich stülpte. Beim Augenöffnen setzte bereits die Abenddämmerung ein. Ich fühlte mich angenehm betäubt. Die anderen Kinder waren schon fort.

Als ich eines Morgens aufwache, sitzt mein Bruder neben mir: „Weißt du es schon? – Mutter ist gestorben. Stell dir vor, die Ärzte hatten ihr noch vier Monate gegeben und sie hat genau noch vier Monate gelebt."

In den darauffolgenden Wochen habe ich häufig Kopf- und Rückenschmerzen. Gelegentlich tauchen in der Straße junge Menschen auf, deren Gesichter mir flüchtig bekannt sind. Während sie sich in einigem Abstand von mir unterhalten, zeigen sie hin und wieder in meine Richtung. Dann gehen sie.

Jemand hat eine angeknickte Postkarte auf meinen Teller gelegt. Die Vorderseite zeigt eine windzerzauste Kiefer vor einem weiß-roten Leuchtturm auf einer kleinen Insel. Auf der Rückseite steht als Absender mein Vater und ein krakelig-wirrer Text, der sich mir nicht erschließt. Er handelt von Familiengeistern, einem Feuer, mit dem mein Vater gespielt hat und einem „Gerinnsel-Gewinsel". Von einem Moment auf den anderen fühle ich mich beengt. Wie von einer Schraubzwinge, die mich innerlich zu zerdrücken versucht. Wie von jemandem, der sich auf meinen Brustkorb setzt und meine Arme auf dem Boden festpinnt. Wie von einem Kissen, das mir gewaltsam aufs Gesicht gepresst wird. Doch dann sehe ich die lieblichen Muster, die der milde Abendsonnenschein aufs Pflaster wirft. Mir wird ganz warm ums Herz. Für den Bruchteil eines Wimpernschlags meine ich zu verstehen, was mir die Muster auf dem Gehweg sagen wollen.

Baulärm, ich schrecke hoch. Lautes Krachen, ich zucke zusammen. Der Zaun an meinem Rücken vibriert. Die giftgrüne Fabrikhalle auf der gegenüberliegenden Straßenseite ist nicht mehr da. Kurz vor dem Abriss waren ihre Fenster als Zielscheiben verwendet worden. Auf dem Fußweg vor mir fehlen einige Pflastersteine, doch die feinen Blütenkelchmuster sind trotz der Lücken noch erkennbar.

Ein rauchgrauer Mann mit Glatze und Vollbart steht vor mir und spricht mich schroff an. Ich blicke auf, muss gegen die Sonne blinzeln, erkenne ihn aber wieder. Einmal bin ich mit meiner Spielkameradin Britta zu einer Kneipe in der Altstadt geradelt. Von dort wollte ich meine Eltern nach Hause holen. Der Mann saß bei ihnen am Tisch, rauchte Pfeife mit Vanillearoma und trank Pfefferminzlikör, von dem er mir großzügig anbot. „Dein Vater hat sich das Leben genommen. Wir haben seine Wohnung räumen und die Spritzen entsorgen lassen. Es wurde nichts von dir oder für dich gefunden. Der Nachlassverwalter hat mich beauftragt, dir dies mitzuteilen. Dein Vater war zu Höherem berufen."

Praktisch über Nacht hat sich das Kindergartengebäude in Luft aufgelöst, nur Teile des Zauns und die kaputte Wippe sind übriggeblieben. Daneben liegt ein gewaltiger Schutthaufen. Ich drücke mich fester denn je an das kringelige Metall in meinem Rücken. Es ist wichtig, Rückendeckung zu haben, denke ich. Auch wenn sie lückenhaft und winddurchlässig ist.

Das neue Bürogebäude wurde mit einer großzügigen Glasfront gestaltet. Weißdornsträucher flankieren den hellen Neubau. Aus den Räumen im obersten Stockwerk reicht der Blick sicher bis weit über den Bahnübergang hinaus. Vor dem Haus, direkt über dem Sandkasten mit dem Holzboot, ist ein Parkplatz entstanden. Ich kneife die Augen zusammen und versuche, die gleißend weißen Parkplatzmarkierungen genau in die rostbraunen Zaunkringel einzupassen.

Ich träume von fröhlichem Kindergeschrei, erschrecke und erwache in eine dunkle Stille. Beim Abstützen ertastet meine Hand einen Gegenstand auf dem Zaunsockel.
Der Tag dämmert und ich finde ein Album neben mir. Ich betrachte Kinderfotos aus der Ära des Holzautos. Ich ziehe ein Bild aus der Folie. Seine Oberfläche ist glatter als ich meine Sitzfläche jemals durch den Kontakt mit meinem Körper polieren könnte. Die Aufnahme zeigt zwei Kinder, von denen eines eine kastanienbraune Weste mit Herzchenmuster trägt.

Eine Frau tritt aus dem Bürogebäude und geht zielstrebig auf die Überreste des Zauns zu. Sie kniet sich vor mich hin, sodass wir uns direkt in die Augen schauen können. Sie sagt mit wohlwollender und ermunternder Stimme: „Komm, steh auf und geh. Ich weiß, dass du es kannst!" Ich tue etwas, vom dem ich nicht ahnte, dass es für mich vorgesehen ist: ich erhebe mich und stolpere unsicher einige Schritte seitwärts. Vom Sitzen bin ich etwas eingerostet, die Beine knicken mir weg. Die Frau fängt mich auf, stützt mich und führt mich zu ihrem Auto. Ich lege meinen Arm um Romis Schulter.

Heinrichs ABC

Heinrich weiß, dass er sich entscheiden kann. Seine Mutter sagte immer: „Wir haben eine Wahl." Heinrich sagt sich immer, dass es A, B und C gibt. Das hat er als Kind mal im Fernsehen gesehen. Das hat er nie vergessen. Manchmal glaubt er, dass er träumt, aber er hat sich für A entschieden. Wofür B und C stehen, hat er vergessen. Er kommt nicht mehr drauf.

Wenn Heinrich morgens zur Arbeit geht, muss er eine Tür in einem grünen Holztor passieren. Auf dem Schild über dem Tor steht „Transporte und Materialservice". Wenn Heinrich die Augen zusammenkneift und nur die Anfangsbuchstaben liest, weiß er, dass er sich für Traum A entschieden hat. A wie Arbeit. Meist klopft er alte Säcke aus, faltet sie und stapelt sie. Zuckersäcke sind okay, aber die Mehlsäcke hasst er. Alles staubt voll und Heinrich muss niesen.

Mit Schulle kann man gut auskommen, der geht niemandem auf den Sack. Schulle hat sich die Augenlider mit Augen tätowieren lassen. Wenn er seine Augen schließt, sind sie immer noch geöffnet. Schulle hat alles im Blick.

Der Dietz ist ein Aas. A wie Aas. Ständig weiß er alles besser und kriecht dem Alten in den Arsch. Heinrich ist es egal, so lange er mit Schulle in Ruhe Säcke stapeln kann.

Wenn Heinrichs Vater nach Hause kam, kriegte Mutter erstmal eins in die Fresse. Und dann wurde gefragt, was los ist. Heinrich half mit, den Abendbrottisch zu decken. Der Vater setzte sich polternd hin und blickte Heinrich scheel über den Küchentisch an: „Na, was ausgefressen, du kleine Ratte?"

Eines Tages klingelte ein fremder Mann. Als der Vater die Tür öffnete, kriegte er erstmal eins in die Fresse. Und dann wurde nicht gefragt, was los ist. Stattdessen packte Mutter wortlos ihre Koffer. Währenddessen wartete der fremde Mann geduldig auf der

Schwelle. Wenn der Vater sich aufrappeln wollte, drohte ihm der fremde Mann geduldig mit dem Finger: „Na, na, na!" Da kniete sich der Vater wieder brav auf den Boden. Mutter hatte ihre Wahl getroffen.

Heinrich hat Mutter später noch ein paar Mal auf der Straße gesehen. Sie hat immer versucht, die blauen Flecken im Gesicht wegzuschminken. Heinrich hat die Stellen trotzdem sofort erkannt. Irgendwann muss Mutter weggezogen sein. Heinrich hat sie dann nie mehr gesehen.

Heinrich geht nur zur Firma, wenn er Geld braucht. Er hat sich für Traum A entschieden. A wie Alkoholgeldbeschaffungsmaßnahme. Wenn Heinrich genug gearbeitet hat, zahlt der Alte ihn aus. A wie Alter. Der Alte gibt das Geld nur in Beutelchen raus, legt die Kohle nie direkt auf die Hand. Mit dem Beutelchen schlurft Heinrich zur Kneipe an der Ecke und träumt seinen Traum. Heinrich erzählt, dass er früher für vier Bier nur so viel wie für zwei Brote bezahlt hat. Heinrich erzählt, dass er damals sogar etwas Trinkgeld geben konnte. Wenn er dasitzt und trinkt, denkt er über Traum B und C nach, aber er kann sich nicht erinnern, wofür B und C stehen. Er zerbricht sich den Kopf, aber er kommt nicht drauf.

Vaters Wochenende begann immer mit einem Frühschoppen. Zur Feier des Tages zog er den kleinen Couchtisch ganz nah an das Wohnzimmersofa heran und goss sich einen Angostura ein. A wie Angostura. Dann saß der Vater da, starrte trübsinnig aus dem Fenster und trank die ganze Flasche leer. Wenn die Flasche leer war, war der Frühschoppen beendet.

Schulle sagt, dass Heinrichs Vater ein Vollidiot war: „Niemand trinkt Angostura pur. Niemand." Heinrich hat kurz überlegt, ob er Schulle sein Bier über den Kopf kippen soll. Dann war es ihm aber zu schade drum. Schließlich ist Bier nicht mehr so billig wie früher.

Wenn der Vater getrunken hatte, wusste man nie, ob er rührselig wird oder zuschlägt. Manchmal am Wochenende nahm der Vater Heinrich mit zum Kiosk. Einmal war Straßenfest. Heinrich sammelte den ganzen Tag wie im Rausch Gläser und löste Pfand ein. In manchen Gläsern war noch Bier. Es schmeckte bitter. Aber man konnte sich daran gewöhnen.

Limo kostete weniger als das Pfand. Heinrich hockte sich auf die Bordsteinkante, überlegte angestrengt und rechnete sich aus, dass er reich wird, wenn er sich viele Limos kauft und dann die Gläser zurückgibt. Seinen Plan hat er dann aber nie umgesetzt.

Neulich hat der Alte festgelegt, dass Heinrich mit Dietz eine Sacktour machen soll. Sie sind 140 km aus der Stadt herausgefahren. Dietz hat ja einen Führerschein, deswegen musste Heinrich in den Laderaum. Während Dietz die Plane verzurrte und alles dämmrig wurde, sagte er zu Heinrich: „Arbeit schändet nicht."

Auf der ruckeligen Fahrt durch lange Baumalleen flackerte das Tageslicht gedimmt durch die Plane. Heinrich kullerte durchs Halbdunkel und holte sich blaue Flecken.

Vor Ort musste Heinrich alles allein aufladen, während Dietz zuschaute und mit der Dame am Ausgabefenster schäkerte. Auf der Rückfahrt war die Ladefläche voller Zucker- und Mehlsäcke. Heinrich legte sich gemütlich auf die Säcke und süffelte den Wurzelpeter, den er im Jackenfutter versteckt hatte. Dabei starrte er durch die Ritzen in der Plane und stieß auf Dietz an, der ganz allein und ohne Abwechslung zurückfahren musste. A wie Arschlecken.

Manchmal kroch Heinrichs Vater nachts durch die Wohnung. Einmal donnerte er dabei mit seinem Körper immer wieder gegen Heinrichs Zimmertür. Rumms. Rumms. Rumms. Heinrich träumte von einem Gewitter. Dann schreckte Heinrich hoch, sprang aus dem Bett und rettete seine Tür. Danach leitete er den Vater wie einen Hund ins Bett. Wie einen Hund, der auf Knien geht.

Der Vater hatte aufs Kissen gekotzt. Heinrich packte das Kissen und schmiss es kurzerhand aus dem Fenster. Der Vater grunzte schon friedlich auf dem Bett. Als Heinrich am nächsten Morgen aufwachte, stand der Vater mit nacktem Oberkörper im Bad. Fröhlich pfeifend schrubbte er das Kissen und verkündete: „Heute ist Waschtag, du kleine Ratte!" Anschließend setzte sich der Vater polternd auf die Couch und goss sich Angostura ein. Es gab Frühschoppen. Zur Feier des Tages.

Einmal sind Heinrich und Schulle nach der Kneipe noch auf den Friedhof gezogen. Die Kieswege knirschten und lenkten Heinrich vom Nachdenken ab, wofür B und C stehen. Vor dem Grab seines Vaters holte Heinrich eine Flasche Angostura aus dem Inneren seiner Jacke. Als er ansetzen wollte, riss ihm Schulle die Pulle aus der Hand und goss den Inhalt über den Grabstein. Dabei lachte Schulle wie ein Besessener. Heinrich beobachtete interessiert, wie sich die braune Flüssigkeit durch die Buchstaben und Zahlen schlängelte. A wie ach, was weiß ich. Als Schulle die Flasche auf dem Stein zerdeppern wollte, fiel ihm Heinrich in den Arm: „Mach das doch bei deinem Vater, du Arsch!" Schulle torkelte die paar Meter zum Grab seines Vaters rüber und zertrümmerte mit stoischen Schlägen die Flasche, bis seine Hände bluteten und überall Glassplitter herumlagen. Dann brach Schulle in einen Weinkrampf aus und fiel wie ein Sack in sich zusammen. Danach kotzte Schulle auf die Grabplatte. Heinrich wischte alles weg und wünschte sich dabei, dass er die Platte einfach hätte aus dem Fenster werfen können.
Auf dem Rückweg war die Kneipe an der Ecke noch offen, also bestellten sie sich eine Runde. Heinrich kippte sich heimlich Wurzelpeter ins Bier. Dann versteckte er die Flasche wieder im Jackenfutter.

Ab und zu kommen Neue in die Firma. Sie bleiben meist nur kurz. Ein junger Mann hielt es ein paar Monate durch. Heinrich klopfte schweigend die Säcke aus, während der Jungsche sie geduldig faltete und stapelte. Dabei kniete er sich auf den Boden. Heinrich wurde so rasend vor Wut, dass er kreischend auf den Jungschen losging und fast umgetreten hätte. Der Alte und Schulle kamen angerannt und mussten Heinrich mit vereinten Kräften wegzerren. Sie schickten Heinrich sofort nach Hause. A wie Abkühlung.

An einem anderen Tag hatte der Jungsche den Radiosender verstellt. Es waren jetzt keine deutschen Lieder mehr zu hören. Stattdessen schallte „Love hurts" aus dem Lautsprecher. Heinrich wurde so übel, dass er sich auf einen Sackstapel in die Ecke legen musste. Der Alte kriegte das spitz und strich Heinrich den Lohn für den Tag. A wie Abzug.

In der Mittagspause unterhielten sich Heinrich und Schulle oft mit dem Jungschen. Der hatte für sich und seine Freundin trotz langer Suche keine Wohnung finden können. Da hatten sie sich mit Schlafsäcken auf dem Fußboden des Hauptbahnhofs einquartiert. Nachdem sie dreimal von einer Polizeistreife aufgesammelt worden waren, bekamen sie endlich ein Wohnungsangebot vom Amt. Heinrich würde gern mal mit dem Jungschen anstoßen, aber der kommt nicht mit in die Kneipe. Schulle hat einen Narren an dem Jungschen gefressen und zeigt ihm alle seine Tätowierungen.

Einmal hat das Telefon geklingelt. Mutter war dran und wollte den Vater sprechen. Heinrich schlich geistesgegenwärtig aus dem Zimmer und hörte dabei den Vater schreien. Durch den Türspalt sah er eine puterrote Wutfratze. Schließlich schmetterte der Vater den Hörer krachend auf das Telefon. Es blieben nur hellgraue Bakelitsplitter übrig. Der Vater pfefferte die Reste pfeifend in die Mülltonne. A wie Abfall.

Alle paar Wochen werden Marmeladeneimer eingesammelt. Der Alte verdient Geld mit dem Recycling. An einem Eimertag klappert Dietz mit dem Transporter alle Bäckereien im Stadtbezirk ab. Schulle und Heinrich tauchen in die Keller und holen alle leeren Eimer raus. Die Eimer bestehen aus Pappe und haben einen schmalen Henkel aus Metall. Der Alte hat vorgegeben, dass immer möglichst viele Eimer mit einem Mal rausgeholt werden sollen. Schulle hat eine Methode ausgetüftelt, bei der er sich die Eimerhenkel versetzt über die Arme streift, bis fast an den Hals. Heinrichs Arme sind länger, deswegen kann er locker mehr Eimer raustragen als Schulle. Dietz sagt, dass Heinrich überhaupt nur noch in die Firma kommen darf, weil er so lange Arme hat und so viele Eimer mit einem Mal aus dem Keller hochholen kann. Dietz behauptet, dass der Alte das gesagt hat. Schulle und Heinrich geben nichts auf den Dreck, den die Pfeife Dietz verbreitet.

Heute hat Heinrich einen Lauf. Er holt 20 Eimer – zehn an jedem Arm – aus dem Keller einer Bäckerei. Schulle hat sich Mühe gegeben, die Eimerhenkel ganz exakt an den Armen zu verteilen, bis fast an den Hals. Schulle hat sich dabei viel Zeit gelassen. Dietz kann oben warten, bis er schwarz wird. Warum ist sich Dietz auch zu fein, mit in die Keller hinunterzusteigen.

Dann zieht Heinrich los. Die dünnen Henkel schneiden ihm fies in die Arme und Schultern. Zum Glück hat er den blauen Kittel übergestreift, den der Alte immer dazulegt. Heinrich hat keine Ahnung, wie er sich durch den schmalen Kellergang winden und die Kellertreppe hochwursteln soll. Es ist ein Schuckeln und Ruckeln und Zerren. Manchmal denkt er, dass er feststeckt, dann geht es weiter. Heinrich riecht die modrige Kellerluft. Ein Arm ist weit nach vorn gestreckt, einer weit nach hinten. Eine Eimerkante stößt gegen den Lichtschalter und es wird duster. Schweißperlen laufen Heinrichs Gesicht hinab. Als Heinrich die letzten Stufen der Kellertreppe hochsteigt, wird ihm klar, dass er nicht durch den Türrahmen kommen kann. Die Stelle ist einfach zu eng. Da fiept und quiekt es in einem der Eimer. Heinrich wird panisch und rennt wie besessen aus dem Haus. A wie Angst. Vier Eimerhenkel reißen aus, Dietz flucht mit feuerroter Visage und schnauzt Heinrich an. Heinrich schüttelt sich die Eimer von den Armen und sieht auf dem Gehweg kleine Ratten davonrennen. Schulle ruft aus dem Keller, ob oben alles in Ordnung ist. Heinrich hat die Schnauze voll. Er schmeißt den Kittel auf die Ladefläche und geht nach Hause.

Am Abend ruft der Alte an und sagt, dass sich Heinrich am Freitag beim Säckefalten ordentlich ins Zeug legen soll. Dann gibt es keinen Lohnabzug.

Endlich Wochenende. Zeit für den Frühschoppen. Heute ist ein besonderer Tag. Alles scheint so frisch und klar. Heinrich sitzt in der Kneipe an der Ecke und träumt.
Plötzlich kann sich Heinrich wieder erinnern. Jetzt weiß er endlich, wofür B und C stehen: B steht für Bier. C steht für Cognac. Heinrichs Miene hellt sich auf. Er reißt den Arm hoch und bestellt noch ein Gedeck. Zur Feier des Tages.

Der Schmetterlingsgarten

Schon den halben Tag hatte ich gemütlich und zufrieden in meinem Garten gesessen. Erfüllt und glücklich hatte ich den zartgeflügelten Schmetterlingen bei ihrem Tanz durch die hellen Sonnenstrahlen zugesehen, als ich in der Ferne einen dunklen Punkt erblickte. Neugierig beobachtete ich, wie er immer größer wurde. Immer größer und größer. Schließlich stand eine gewaltige Gestalt vor meinem Gartentor. Mir war etwas beklommen zumute, doch der Gigant erwies sich als ausgesprochen freundlich und charmant. Seine Mundwinkel kräuselten sich vertrauenerweckend zu einem Lächeln. Der Riese lobte die Farbenpracht, Vielfalt und Lebendigkeit meiner kleinen grünen Gartenwelt. Er sagte, er habe in seinem ganzen Leben noch niemals einen derart schönen Garten gesehen. Während er mich mit seinem honigsüßen Zuspruch übergoss, öffnete er das Gartentor, trat ein und schaute sich neugierig um. Mein Bauch verkrampfte sich und ich ging dem Riesen hinterher, während er jede Ecke und jeden Winkel genau in Augenschein nahm. Jeder einzelne Quadratmeter wurde vom Riesen mit Wohlwollen bedacht. Er stellte mir zahlreiche Fragen und sein Interesse beeindruckte mich. Seine Komplimente formulierte er fundiert und glaubwürdig, zwischendurch strich er mir immer wieder über den Kopf oder tätschelte meine Schulter sanft. Schließlich wies mein Kopf meinen zweifelnden Bauch zurecht und so kehrte wieder Ruhe ein.

Von nun an kam der Riese regelmäßig zu Besuch, um sich mit mir an meinem Garten zu erfreuen. Er redete dabei viel. Er machte mir Dinge bewusst, die mir zuvor selbstverständlich erschienen waren und für die ich mir nun dumm vorkam. Er wies mich auf die einzelnen Pflanzen und Tierarten hin, die ich bis dahin intuitiv als schöne Einheit wahrgenommen hatte. Er kannte sogar alle lateinischen Bezeichnungen. Ich kannte nicht einmal die Hälfte der Namen in meiner Muttersprache. Wie klug er war, dieser Riese!

Bisweilen zuckte mein Bauch, doch mein Kopf wusste genau, dass alles seine Ordnung hatte.

Der Riese hörte nicht auf zu betonen, dass mein Garten ihm so viel geben würde und tätschelte wieder meine Schulter. Das erfreute mein Herz, denn ich gebe gern und es gibt kaum etwas Schöneres, als anderen Lebewesen eine Freude bereiten zu können.

Bei einem seiner folgenden Besuche brachte der Riese eine Schubkarre und Werkzeuge mit. Er sagte, dass man noch so viel mehr aus meinem Garten herausholen könne. Das fand ich spannend. Ich war offen und bereit, Neues zu erfahren. Schließlich war mir inzwischen klar geworden, wie klein und unwissend ich war. Wie hatten mir meine umfangreichen eigenen Makel bis dahin nur verborgen bleiben können?

Der Riese meinte, dass die herrschende Unordnung, so herzig sie auch gemeint sei, nun doch etwas zu weit ginge. Also legten wir schnurgerade Beete an, setzten millimetergenaue Kantensteine und bohrten Pflanzlöcher in exakten Abständen. Der Riese sprach davon, dass man nun endlich alles perfekt kontrollieren könne. Außerdem sei eben diese Stelle hervorragend geeignet für eine Fliegenpilzzucht. Der Riese wirkte außerordentlich zufrieden. Das erwärmte mein Herz – denn für all sein reichliches Lob und seinen Zuspruch wollte ich ihm auch etwas zurückgeben. Zum Dank strich mir der Riese zärtlich über den Kopf. Dass sich durch die Umbauarbeiten die Anzahl der Schmetterlinge in meinem Garten verringert hatte, nahm ich bereitwillig in Kauf.

Bei seinem nächsten Besuch brachte der Riese wieder seine Schubkarre mit. Doch diesmal war sie bereits mit Erde gefüllt. Der Riese meinte, wir bräuchten mehr Mutterboden. Gleichzeitig machte er einen scharfen Scherz darüber, wie man so etwas Nützliches überhaupt Mutterboden nennen könne, wo doch Mütter bekanntermaßen zu gar nichts taugten. Ich verstand seine Worte zwar nicht, lachte aber aus Höflichkeit mit ihm. Bei seinem schallenden Lachen schlug er mir krachend auf die Schulter. Ich rügte mich dafür, so eine weinerliche Memme zu sein, als mir vor Schmerz Tränen in die Augen traten. Rasch fing ich mich wieder und lächelte um so kräftiger.

Der Riese fing nun an, die Kräuterwiese mit Erde zu überschütten. Ich schaute gebannt zu, wie er im Schweiße seines Angesichts schuftete. Der Riese tat mir leid, denn bei seiner Arbeit schien er keine Freude zu empfinden. Als ob ihn etwas bedrücken oder zornig machen würde. Wie konnte ich ihm nur zur Seite stehen?

Bei der nächsten Schubkarrenfuhre des Riesen ragte etwas aus dem Mutterboden heraus. Als der Riese abgelenkt war, schaute ich verstohlen hin, und erkannte Schutt- und Trümmerteile. Das wunderte mich, doch ich wollte den Riesen nicht darauf ansprechen. Ich hatte Angst davor, den Zorn, den er beim Arbeiten verbreitete, auf mich zu lenken. Mein Bauch grollte, doch ich wies ihn wegen seiner Treulosigkeit zurecht. Hatte er denn vergessen, wie liebenswürdig uns der Riese behandelt hatte? Mein Bauch erinnerte mich daran, dass der Riese mich als „verschlafen" bezeichnet hatte. Ich teilte meinem Bauch mit, dass der Riese mich „geweckt" hätte, damit ich endlich etwas Neues erleben konnte, anstatt immer nur gemütlich und zufrieden in meinem Garten herumzusitzen.

Mir fiel mit der Zeit auf, dass meine Nachbarn kaum noch zu Besuch kamen. Früher hatten wir entspannt zusammengesessen und uns am friedlichen Treiben der Schmetterlinge im Garten erfreut. Doch der Riese meinte, dass Besuche gar nicht mehr nötig seien, schließlich hätte ich doch ihn und die anderen seien sowieso viel zu dumm und unfähig. Das leuchtet ein, dachte ich bei mir. Der Riese ist in jeder Hinsicht strahlend groß und für ein kleines Licht wie mich absolut ausreichend. Ehrlich gesagt konnte ich gar nicht fassen, dass er sich mit so etwas Unbedeutendem wie mir abgab. Ich schlenderte durch den Garten. Ganz kurz wunderte ich mich dabei, warum jemand die Zäune zu meinen Nachbarn mit Stacheldraht versehen hatte. Doch dann wischte ich diesen störenden Gedanken einfach weg.

Der Riese hörte nun nicht mehr auf, volle Schubkarren durch mein weit geöffnetes Gartentor zu rollen. Irgendwann wurde ihm die Schubkarre zu klein. Wütend stieß der Riese aus, er habe größere Pläne. Dann hängte er kurzerhand zwei Zaunfelder aus und kam mit einem Kipper direkt in den Garten gefahren. Die breiten Reifen gruben sich tief in die empfindliche Erde meines Gartens. Ich drückte schnell die Übelkeit weg, die vom Bauch aufstieg. Ich drückte geschickt den Schwindel weg, der vom Kopf ausstrahlte. Im Handumdrehen erschuf der Riese meterhohe Schutt- und Geröllberge, die das zarte Grün überlagerten. Selbst die Beete, die der Riese mit mir angelegt hatte, wurden unter den Trümmerbergen begraben. Das ergab für mich keinen Sinn. Ich rätselte lange, mühte mich und grübelte tief. Schließlich gab ich auf. Ich war einfach zu dumm und zu klein, um die grandiosen Pläne des Riesen zu verstehen.

Nachdem der Riese mit dem Kipper weggefahren war, stolperte ich wie betäubt durch die Berglandschaft. Ich suchte Schmetterlinge, doch ich konnte nur noch einen einzigen finden, der ermattet dasaß und langsam mit verstaubten Flügeln zuckte. Als ob er in Zeitlupe zitterte. Am Rand eines Schutthaufens war ein tiefer dunkler Krater entstanden. Ich beugte mich vorsichtig vor und blickte hinein. Mir wurde sofort schwindlig und ich konnte mit letzter Kraft verhindern, dass mich der Abgrund verschluckte. In der Nacht träumte ich von einem schwarzen Loch, welches Myriaden leuchtender Sterne verschlang, während es mit unbeirrbarer Kaltherzigkeit durch die Tiefen des Alls pflügte.
Als ich dem Riesen voller Vertrauen und mit klopfendem Herzen von meinem Traum berichtete, schritt er behutsam auf mich zu, blickte mich freundlich an und schlug mir mit seiner flachen Hand so fest ins Gesicht, dass ich das Gefühl hatte, meine Haut würde verbrennen. Dann hauchte er mir mit tröstlicher Stimme zu, dass ich einfach zu empfindlich sei. Der Brand auf der Wange schwelte tagelang und es dauerte noch länger, bis meine weiße Haut sich wieder rosig färbte. Ja, er hatte mir eine wertvolle Lektion erteilt,

das war mir klar. Ich war schuld daran, dass er in Rage geraten war. Ich würde noch viel zu lernen haben. Doch ich würde mich anstrengen! Versprochen.

Von nun an schien der Riese keinen Anlass mehr zu brauchen, um mir ins Gesicht zu schlagen, mich mit der Faust vor die Brust zu stoßen oder sich auf mich zu hocken und mit seinen Knien meine Unterarme festzupinnen. Das war sein Lehrplan und sein Lernprogramm für mich. Er sagte mir, es gebe Herrenmenschen und es gebe Sklavenmenschen und ich würde das auch irgendwann einsehen. Ich würde schon noch begreifen, wie die Welt funktioniert. Gleichzeitig hatte ich das aberwitzige Gefühl, von ihm abgelehnt zu werden. Doch das war ganz und gar unmöglich. Mochte er mich denn gar nicht mehr? Ausgeschlossen. Bestimmt hatte ich etwas falsch verstanden. Ich zermarterte mir den Kopf, um zu ergründen, welche neuerlichen Fehler ich begangen hatte. Leider war ich meist so verwirrt, dass ich kaum noch klar denken konnte. Mein Bauch wollte mir etwas sagen, doch ich verstand seine Sprache nicht mehr.

Als das letzte Grün meines Gartens verschüttet worden war und der letzte Schmetterling die Flucht ergriffen hatte, schien der Riese das Interesse an mir und meiner Welt zu verlieren. Schon seit vielen Tagen und Wochen hatte er mich keines Blickes mehr gewürdigt und kein Wort mehr mit mir gewechselt. Das war auch kein Wunder, schließlich hatte ich nur noch unbeweglich dagehockt und leblos vor mich hingestarrt. Zurecht bedachte mich der Riese mit jeder Menge Hohn und Spott. Er sprach voller Verachtung davon, was aus mir geworden sei, wo mein Selbstrespekt und meine Würde geblieben seien. Nachdem er mir mitgeteilt hatte, er habe mit mir seine Zeit verschwendet, ich sei die ganze Zeit nur eine Illusion gewesen und meine Wahrnehmung sei völlig kaputt, verstand ich ihn leider nicht mehr, da ein tosendes Rauschen in meinen Ohren jedes andere Geräusch überlagerte. Ich wurde wütend und traurig, denn das mit dem blöden Rauschen war so schade und kam so ungelegen. Wie liebend gern hätte ich noch mehr erfahren, um mich bessern zu können und endlich ein ausreichend guter Mensch zu werden.

Der Riese trat schließlich vor mich hin, spuckte grußlos auf meine Füße, kletterte in seinen Kipper und fuhr zum letzten Mal davon, wobei er ein weiteres Zaunfeld zersplitterte und tiefe Reifenspuren im Boden hinterließ.
Ich hockte da wie erstarrt. Ein Kloß formte sich in meinem Magen. Ich hatte keine Ahnung, was das bedeutete. Ich wollte weinen, doch meine Augen blieben trocken. Ich wollte schreien, doch ich konnte keinen Laut ausstoßen. Ich wollte wie wild umherrennen, doch meine Beine versagten mir ihren Dienst.

Die Zeit kroch dahin. Schwer und bleiern. Den Riesen sah ich nie wieder. Es ging das Gerücht um, er habe einen schöneren Garten gefunden. Ab und zu meinte ich, den Riesen irgendwo zu erblicken, doch es war nur ein Trugbild.
Ich hockte am Boden, betrachtete die nebelverhangenen Berge im Garten und wusste mittlerweile nicht mehr genau zu sagen, was sich vor ihnen dort befunden hatte. Wo immer ich hockte, ging und stand, so folgte mir der Nebel. Das Leben glitt an mir vorbei. Ich erahnte es in der Ferne, konnte es aber nie greifen. Als ob sich eine tiefe Schlucht zwischen ihm und mir befinden würde.

Die Leute redeten von einem Riesengarten. Voller Verblüffung stellte ich fest, dass sie von meinem Garten sprachen. Ja, wenn man es so betrachtete, dann hatten sie recht! Mein Garten war riesig, gewaltig, grandios. Hohe Berge waren aufgetürmt worden, die sich über alles andere erhoben. Gewaltige Berge, die alles andere klein und winzig erscheinen ließen. Doch für mich waren es Berge des Schreckens. War ich wirklich der einzige, der diesen Schrecken empfand? Halluzinierte ich? Viele Menschen wandten sich von mir ab, weil sie meine Anmaßung und Arroganz nicht mehr ertragen konnten. Wer sich so erhebt, den dulden wir nicht mehr unter uns. Und das war natürlich die Wahrheit. Ich konnte sie sehr gut verstehen. Auch ich würde mich verstoßen, denn ich war ein unzumutbares Monster geworden. Oder schon immer gewesen? Vielleicht hatte der Riese nur ans Tageslicht gebracht, was schon immer festgestanden hatte. War es das, was er mit „verschlafen" gemeint hatte? War ich so verschlafen gewesen, dass ich nicht kapiert hatte, welch unerträgliche Bestie ich schon immer gewesen war? Ja, natürlich, das war die Lösung! Ich war so dankbar, endlich eine Erklärung gefunden zu haben. Der Nebel, mein ständiger Begleiter, war jetzt viel leichter zu ertragen.

Nachdem sich die Kenntnis von meinem Riesengarten immer mehr verbreitet hatte, erschien eine Gruppe aus zwei Frauen und zwei Männern vor meinem Zaun. Ich hockte still da und beobachtete sie mit glasigem Blick. Sie sprachen mich nie an. Eventuell haben sie mich übersehen? Alles, was ich hörte, waren Gesprächsfetzen. Sie zeigten auf die hohen Berge und sprachen davon, wie größenwahnsinnig ich sei und dass für mich ganz offensichtlich keine Regeln gelten würden. Sie zeigten auf die tiefen Reifenspuren und sprachen davon, wie rücksichtslos ich sei. Sie zeigten auf den zersplitterten Zaun und sprachen davon, wie aggressiv, zerstörerisch und grenzverletzend ich sei. Sie verwiesen auf die Abwesenheit von Schmetterlingen und sprachen davon, welch große Leere in mir sei. Sie zeigten auf meine erstarrte Körperhaltung und sprachen davon, welch ausgeprägten Kontrollzwang ich habe. Sie verwiesen auf meine Einsamkeit und sprachen davon, wie sozial unverträglich ich sei. Mehr konnte ich leider nicht hören. Gern hätte ich mir alles aufgeschrieben, um daran zu arbeiten und endlich ein besserer Mensch zu werden, doch ich konnte mich nicht bewegen. Ich beobachtete, wie ein grelles Warnschild an meinem Zaun befestigt wurde. Darauf stand: „Vorsicht! Riesenbrut. Betreten auf eigene Gefahr."
Ich war überrascht, wie viel Mühe man sich mit mir gegeben hatte.

Sehr wenige Freunde suchten mich noch auf. Ich konnte nicht fassen, warum sie mir die Treue hielten. Hatten sie denn nicht begriffen, wer vor ihnen hockte? Selbstverständlich redete ich nicht mit ihnen. Ich hatte bereits dazugelernt! Keinesfalls würde ich sie darüber belehren, wie es mir ging, was passiert war und was ich erlebt hatte. Denn das wäre anmaßend, das würde mir nicht zustehen. Ich war stolz auf meine ersten zarten Fortschritte. Ich bin mir sicher, dass die beiden Frauen und die beiden Männer ebenfalls stolz auf mich gewesen wären. Mit etwas Glück hätten sie mir sogar auf die Schulter geklopft.

Oft denke ich, dass die Tage mittlerweile nur noch aus Nächten bestehen, denn es ist dauerhaft dunkel. Wie ein Wintergarten jenseits des Polarkreises. Obwohl ich den Garten prinzipiell nicht mehr aufsuche, meine ich, in einem der finsteren Löcher festzustecken, die der Riese mit krudem Werkzeug in den Boden gerissen hat. Manchmal glaube ich zu fühlen, dass ich Angst vor dem Garten habe. Doch ich zweifle daran, dass es tatsächlich Angst ist. Was, wenn ich gerade wieder versuche, mich wichtig zu tun und interessant zu machen? Das wäre schlimm. Bei den beiden Frauen und den beiden Männern gäbe das ganz sicher Minuspunkte. Will ich das riskieren?

Der Garten hat vier Seiten. Links, rechts und hinten ist Stacheldraht gespannt. Vorn ist ein Warnschild angebracht. Ich gehe nicht mehr in den Garten, vermeide jeden Blick auf den Garten und sehe kaum noch Menschen in der Nähe des Gartens. Ab und zu geht ein Mann mit seinem Hund vorbei. Einmal blieben sie vor dem Zaun stehen. Der Hund ist ein putziger kleiner Pudel, der niemals bellt. Der Mann wirkt auf mich hell, obwohl er weder helle Haare hat noch helle Kleidung trägt. Außerdem scheinen seine Augen zu zwinkern, obwohl er mich niemals angezwinkert hat. Aus irgendeinem Grund nenne ich ihn den Pudelzwinkermann. Das ergibt überhaupt keinen Sinn, denn der Pudel zwinkert ja nicht. Und der Mann zwinkert auch nicht. Und der Mann ist auch kein Pudel. Aber das Wort kam zu mir und ich fühle mich wohl damit. Dieses kleine Wohlfühlen ist das Schönste, was ich seit langem erlebt habe. Dafür bin ich dankbar.

Der Pudelzwinkermann bleibt regelmäßig am Zaun stehen. Seit Monaten. Oder Jahren? Er schaut mich auf Augenhöhe an, redet ruhig und respektvoll mit mir. Niemals übertreibt er. Ich reagiere ungläubig und misstrauisch, aber er übt eine beruhigende Wirkung auf mich aus. Er hat niemals den Versuch unternommen, die Zaunlinie zu passieren und den Garten zu betreten, obwohl Zaunsegmente fehlen und obwohl das Gartentor sperrangelweit offensteht. Seit dem Aufbruch des Riesen bin ich nicht in der Lage gewesen, den Zaun zu flicken.

Dass ich den Pudelzwinkermann draußen stehen lasse, scheint er nicht persönlich zu nehmen. Er bleibt freundlich, ruhig und entspannt. So etwas kann es gar nicht geben. So etwas habe ich überhaupt noch nicht erlebt. Würde es sich nicht so gut und richtig anfühlen, würde ich sagen, dass es unerhört ist.

Der Pudelzwinkermann ist der erste Mensch, mit dem ich wieder geredet habe. Mein Gefühl, ein Monster zu sein, wirkt in seiner Gegenwart wie ein absonderlicher Witz, eine absurde Karikatur, eine abwegige Verzerrung oder perverse Verfälschung. Ich verspüre nicht den Drang, irgendetwas erklären zu müssen. Er ist einfach da. Ich bin einfach da. Und der Pudel, der ist natürlich auch da.

Viele Dinge passieren jetzt. Manchmal meine ich, dass mich ein Kipper überrollt, dass mich eine Riesenfaust zertrümmert, dass ich in einem schwarzen Strudel zerfasere, zerfleddere, zersplittere oder dass ich neben mir hocke. Ich habe klaftertiefe Albträume von Versklavung und von einem Riesen, der in mir sein Unwesen treibt. Die Träume ziehen sich bis weit in den Tag hinein. Dann tue ich versuchsweise so, als ob es gar keine Träume wären, sondern meine Wirklichkeit. Ich nehme meinen ganzen Mut zusammen, schaue auf den Garten, gehe in den Garten, erlebe den Garten ... und plötzlich reißt etwas in mir und ich fange wie entfesselt an zu lachen. Direkt danach habe ich das Gefühl, gleichzeitig zu implodieren, zu explodieren und durch ein Nadelöhr gequetscht zu werden. Ich schreie laut nach dem Pudelzwinkermann. Aus schierer Unerträglichkeit wird endlich pure Erleichterung. Mein ganzer Körper prickelt auf angenehmste Weise. Ich schaue noch einmal auf den Garten: auf den Schuttbergen wachsen zaghaft Kräuter und jenseits der Berge erstrecken sich blassgrüne Wiesen.

Der Pudelzwinkermann sagte mir gestern, wie stolz ich auf mich sein könne, schließlich sei ich gerade mal 5 Jahre alt gewesen, als der Riese in mein Leben trat. Ich wehrte mich, das Lob anzunehmen, denn ich weiß genau, was passieren kann, wenn man Lob annimmt.
Aber dann hat der Pudelzwinkermann noch etwas zu mir gesagt, das ich beim allerbesten Willen nicht abwehren konnte: „Schau mal, so schön! Auf deinen Handrücken hat sich ein Schmetterling gesetzt.“

Die Lukenwächterin

Als Lo damals die Stellenanzeige entdeckte, wusste sie sofort, dass sie ins Schwarze getroffen hatte: „Wir suchen eine disziplinierte, zuverlässige und leistungsbereite Mitarbeiterin, die ihr Umfeld jederzeit verantwortungsvoll im Blick hat und flexibel auf Veränderungen reagieren kann." Lo hatte gerade die Schule beendet. Das Timing war perfekt. An ihre Bewerbung und das Vorstellungsgespräch hat Lo kaum noch Erinnerungen. Es muss alles wie am Schnürchen gelaufen sein.

Los Arbeitsplatz schien ihr vom ersten Moment an vertraut. Die Kabine war zwar eng und nicht sonderlich hell, aber das Überwachungspult verlieh ihr ein Gefühl von Sicherheit. Sie hatte stets den Eindruck, sich im Notfall daran festhalten zu können.
Los Aufgabe klang simpel. Als Lukenwächterin hatte sie darauf zu achten, dass der Öffnungswinkel der Luke nicht auf 30° oder darunter fiel. Bei 30° begann der rote Bereich. In diesen Bereich durfte die Luke nicht kommen. Das war gefährlich für die gesamte Anlage, für das ganze Werk, für das komplette System. Lo sah sich nie in der Lage, die Komplexität des Gesamtsystems zu durchblicken. Das schien ihr auch überhaupt nicht nötig, denn sie war die Lukenwächterin. Und ehrlich gesagt war ihr eigenes Überwachungspult bereits komplex genug.

Anfangs hatte sie sich Sorgen gemacht, den vielfältigen Anzeigen, Schaltern, Tastern und Reglern nicht gerecht werden zu können. Selbst nach über drei Jahrzehnten am Pult hatte sie noch immer Angst vor dem Auffliegen. Irgendwann mussten die anderen zwangsläufig bemerken, dass sie die Anlage in ihrer Gesamtheit niemals begriffen hatte. Lo konnte es all die Jahre nicht fassen, dass die anderen sie nie bloßgestellt hatten – als die Hochstaplerin, die sie zweifelsohne war. In diesen Phasen hielt sich Lo daran fest, dass sie ihr Überwachungspult mittlerweile in- und auswendig kannte.

Sie wusste Bescheid über die Funktion und Bedeutung jeder Anzeige, jedes Schalters, jedes Tasters und jedes Reglers.

Trotz der winzigen Abmessungen der Kabine bot die Rückwand über den summenden Kabel- und Schaltschränken etwas Freifläche. Lo hatte diese mit Postern und Autogrammkarten verziert, die früher in ihrem Kinder- und Jugendzimmer gehangen hatten. Nicht nur wegen der Wanddeko spürte Lo immer wieder eine tiefe Vertrautheit, wenn sie sich an ihrem halbdunklen Arbeitsplatz aufhielt.

Rechts neben Los quietschendem Arbeitsstuhl befand sich eine verglaste Tür, durch die man in die Kabine gelangte. Die Tür öffnete sich nach außen. Nach ein paar Jahren ging Lo auf, wie umsichtig das geplant worden war, denn nach innen wäre die Tür sogleich an ihren Arbeitsstuhl gestoßen. Die linke Seitenwand und die Frontseite der Kabine waren ebenfalls verglast. Neben dem Überwachungspult musste Lo auch die Anlage jederzeit verantwortungsvoll im Blick behalten, um flexibel auf Veränderungen reagieren zu können.

Zu einer Partnerschaftsbeziehung war es in Los Leben nie gekommen. Die Luke forderte sie sehr und in ihrer kleinen Wohnung wäre zudem kein Platz gewesen. Ab und zu traf sich Lo zum Eisessen mit Tine, einer Freundin, die sie seit der 2. Klasse kannte.

Im ihrem elften Jahr als Lukenwächterin stellte Lo fest, dass das Summen der Kabel- und Schaltschränke sie nach Feierabend weiterhin begleitete. Anfangs wusste Lo nicht, wie sie sich dazu verhalten sollte. Ab und zu musste sie unvermittelt weinen, wenn sie nachts vom Summen aufwachte. Doch mit Disziplin konnte Lo neuerliche Aufwallungen unterdrücken und nach weiteren elf Jahren hatte sie sich an ihren akustischen Begleiter gewöhnt. Sie stellte sich dann vor, dass sie etwas aus einem Käfig freigelassen hatte und dies nun durch die Welt trug.

Nach Schichtende war Lo häufig sehr erschöpft. Die Luke setzte ihr zu, auch wenn Lo stets diszipliniert und zuverlässig blieb. Oft träumte Lo von der roten Anzeige, die bei einem Öffnungswinkel von 30° oder weniger aufleuchtete. Diese Minuten waren besonders belastend. Lo konnte den Anlagenstatus zwar melden und möglichst ruhig bleiben, hatte ansonsten jedoch keinerlei Möglichkeiten zur Einflussnahme. Hin und wieder kam ihr Abteilungsleiter zur Kabine gelaufen und spähte durch die Glastür auf das Überwachungspult, um dann eiligen Schrittes wieder in den Tiefen der Anlage zu verschwinden. Lo wunderte sich, wie realistisch ihre Träume waren. Sie konnte darin keinerlei Verfremdung oder Abweichung feststellen.

Irgendwann kam Lo der Gedanke, dass sie die Luke noch nie mit eigenen Augen gesehen hatte. Bei ihrem Abteilungsleiter hatte sie mehrfach einen Besichtigungsantrag eingereicht. Nachdem dieser auch zum 25-jährigen Betriebsjubiläum nicht gewährt worden war, verlor sie das Vorhaben aus den Augen.

„Ein Öffnungswinkel von 0-30° kennzeichnet den roten Bereich. Ein Öffnungswinkel von 31-60° wird als gelber Bereich bezeichnet. Bei einem Öffnungswinkel von 61-90° befindet sich die Luke im grünen Bereich. Die drei Bereiche werden auf dem Überwachungspult durch Leuchtanzeigen in den entsprechenden Farben visualisiert." Diese Sätze aus dem Anlagenhandbuch hatten sich bei Lo sofort eingeprägt. Sie fand sie uneingeschränkt eingängig. Bereits bei der allerersten Lektüre hatten diese Formulierungen vertraut geklungen. Lo hatte Freude gespürt, direkt nach dem Schulabschluss eine passende Tätigkeit gefunden zu haben. Es war fast zu einfach gewesen. Alles war wie von selbst gegangen.

In ihrem 28. Jahr als Lukenwächterin starb Los gesamte Familie. Erst ihr Vater und kurz darauf ihre Mutter. Lo fiel bei diesen Gelegenheiten auf, dass sie die beiden lange nicht mehr gesehen hatte.

Genau genommen seit Antritt ihrer Tätigkeit. Vater und Mutter waren irgendwie aus Los Bildfläche gerutscht. Wie Brotkrümel, die von einem Schneidbrett fallen, wenn man es nicht aufmerksam und zuverlässig gerade hält. Auf den Beerdigungen kam sich Lo seltsam abgeschirmt und unbeteiligt vor, als ob sie eine Stellvertreterin von sich auf den Friedhof geschickt hätte. Die Stellvertreterin berichtete später, dass sie keinen der Anwesenden gekannt habe und trotz aller Versuche nichts gefühlt habe. Die Trauergesellschaften haben sie angeschaut wie eine Fremde. Das sei ihr merkwürdig vorgekommen. Nachdem sie den Bericht zur Kenntnis genommen hatte, beglich Lo alle Rechnungen beim Bestattungsunternehmen und heftete sämtliche Unterlagen ordentlich ab.

Die Schichtarbeit empfand Lo nicht als übermäßig herausfordernd. Was Lo unter Druck setzte, war das unvorhersehbare Verhalten der Luke. Es gab ganze Schichten, in denen die gelbe Anzeige durchgehend leuchtete. Dann war Lo am ruhigsten, weil sie sich nicht komplett sicher fühlen musste. Lo verbrachte diese Stunden in einer tiefen Zone von Fokussiertheit bei maximaler Bereitschaft zu flexiblem Agieren. Dieser Zustand, in dem jederzeit mit dem Aufleuchten der roten Anzeige zu rechnen war, kam ihr sehr vertraut vor. Er passte ihr wie ein hautenger Anzug, in den sie allmählich hineingewachsen war und der im Laufe der Jahre eins mit ihr geworden war. Kaum zu ertragen war hingegen der grüne Bereich. Lo vermochte es nie, sich auf ihn einzulassen. Trotz aller Mühe und Überzeugungsarbeit konnte Lo dem grünen Leuchten nichts abgewinnen. Ständig malte sie sich den schrecklichen Fall aus, bei dem der Öffnungswinkel ohne Vorwarnung von 75° auf 25° abstürzte. Und exakt so kam es dann auch. Und zwar immer wieder. Und zwar genau dann, wenn Lo am wenigsten damit rechnete. Der grausam abrupte Wechsel von grün zu rot verursachte bei Lo zuverlässig Schweißausbrüche und Schwindel. Ihre übliche stoische Ruhe war dann wie weggeblasen. Wenn die Lukenanzeige direkt von grün auf rot umsprang, fühlte sich Lo unwillkürlich, als ob ein sich aufbäumendes Pferdchen ihr ins Herz treten würde. Von innen. Mit diesen Worten beschrieb sie es Tine, als sie nach dem Eisessen noch einen Spaziergang in den Park machten. Lo verriet Tine, dass sich das Pferdchen am liebsten inmitten von Löwenzahnblüten aufhält. Dort fühlt es sich wohler als auf der Wiese, denn diese kann sich überraschend und ohne Vorankündigung in ein Mohnfeld verwandeln. Dann muss das Pferdchen plötzlich wie von Sinnen austreten. Ohne Rücksicht auf Verluste. Sie saßen inzwischen auf einer Parkbank. Tine schluckte ihren erschrockenen Gesichtsausdruck herunter. Dabei hielt sie die schluchzende Lo im Arm, deren Körper sich immer wieder aufbäumte, um schließlich nur noch wimmernd vor sich hin zu zittern.

In ihrer vierten Dekade als Lukenwächterin stellten sich bei Lo körperliche Probleme ein. Zunächst achtete Lo nicht darauf. Dann machte Tine sie in der Eisdiele darauf aufmerksam, wie fadenscheinig und zittrig sie geworden war. Schließlich wurde Lo beim Arzt vorstellig. Nach einer gewissen Beobachtungszeit verordnete man ihr Herzmedikamente. Sie nahm diese gemäß Verschreibung diszipliniert und zuverlässig ein.

Einmal sollten die mittlerweile trüben Scheiben in den Kabinenwänden ausgetauscht werden. Im Zuge dessen stellte das Wartungsteam fest, dass zahlreiche technische Komponenten in der Kabine veraltet waren. Bei der darauffolgenden Begehung wurde eine Rundumerneuerung als unumgänglich eingestuft. Die gesamte Anlage wurde heruntergefahren. Lo erhielt zwei Wochen bezahlten Zusatzurlaub und ihr Abteilungsleiter eine Abmahnung. Lo erwog erstmalig eine Reise, entschied sich dann aber dagegen. Stattdessen nutzte sie die Zeit, um ausreichend zu schlafen. Sie wollte einfach nur Lukenruhe halten. Bei ihrer Rückkehr in die erneuerte Kabine stellte sie fest, dass ihre Wanddeko entfernt worden war. Das versetzte ihr einen heftigen Schlag. Sie machte sich Vorwürfe, dass sie die Poster und Autogrammkarten nicht rechtzeitig abgenommen hatte. Das Überwachungspult hatte sich trotz der Modernisierung nicht grundlegend geändert. Die Farbtöne waren etwas heller und freundlicher, doch konnte Lo mit dem Grün noch immer keinen Frieden schließen. Die Deckenbeleuchtung strahlte jetzt regelrecht und Scheinwerfer an den Kabinenaußenseiten sorgten dafür, dass die Anlage deutlicher zu erkennen war. Manchmal meinte Lo, bis zur Luke blicken zu können. Aber das war nur Einbildung. An den neuen ergonomischen Arbeitsstuhl musste sich Lo erst gewöhnen. Lo war der Auffassung, dass ihr die vielen gesundheitsfördernden Stuhlfunktionen gar nicht zustünden. Darüber hinaus gab es noch etwas, das Lo irritierte. Ihr Ohrgeräusch hatte sich verändert. Es kam Lo nun instabil und lückenhaft vor, als ob ein elementarer Bestandteil fehlen würde. Den Grund dafür begriff sie erst, als kurz vor Schichtende ihr Abteilungsleiter linkisch lächelnd an die Scheibe klopfte und ihr durch die Tür zurief: „Mensch, toll, oder? Durch die neuen Kabel- und Schaltschränke hat das elende Summen in der ganzen Halle jetzt endlich aufgehört. Mega."

Nachdem Vater zu Hause ausgezogen war, gab es für Lo nur noch Mutter. 13 lange Jahre – bis zu Los Auszug direkt nach dem Schulabschluss – war Mutter der Fixstern gewesen, der das einzige Licht spendete. Der Poller, an dem Lo vertäut war. Die Macht, der Lo auf Gedeih und Verderb ausgeliefert war. War Mutters Herz geöffnet, bestand scheinbar keine Gefahr. Doch Mutters Herz konnte jederzeit unerwartet zuschlagen. Lo hatte gelernt, sich genügsam in halbdunklen Nischen einzurichten, um sämtliche Überraschungsangriffe zu überstehen. Lo hatte sich darauf verlassen können, dass ihr leistungsbereites System flexibel, verantwortungsvoll und diszipliniert auf alle Situationen reagieren würde. Lo hatte gelernt, grün zu misstrauen. So hatte sie überlebt.

In ihrem 36. Jahr als Lukenwächterin erfuhr Lo von Tine, dass sich ihr Gesundheitszustand sichtbar verschlechtert hatte. Lo ging daraufhin zum Arzt. Von dort wurde Lo mit einem Rettungswagen direkt ins Krankenhaus gefahren. Der Arzt erklärte beim Vorbereitungsgespräch höflich, dass bei Lo eine Herzklappenrekonstruktion erforderlich sei. Lo konnte den fachlichen Ausführungen nicht folgen. Ihre Gedanken drifteten ab und landeten bei der Erneuerung ihrer Kabine. Unweigerlich musste sie an die Luke denken. Bei den abschließenden Worten des Arztes kehrte Los Aufmerksamkeit wieder zurück: „Erfahrungsgemäß bleiben sämtliche operativen Eingriffe zwecks Klappenrekonstruktion oder -ersatz auf Dauer erfolglos, wenn die Patienten nicht die Verantwortung für sich selbst und ihre Herzklappen übernehmen." Im Krankenhausbett brauchte Lo lange, um zur Ruhe zu kommen. Sie fühlte sich wie eine aufgeschüttelte Schneekugel. Im Halbschlaf kreisten wuselige Gedankenfragmente wie ein verschrecktes Mobile durch ihren Kopf: ‚Klappe. Herz. Verantwortung. Luke. Neubau. Verschleiß. Umbau. Ersatz. Klappe. Leben. Selbst. Luke. Klappe. Luke. Klappe. Luke. Klappe. Mutter. Lo.' Dann schlief die kleine Lo zum letzten Mal ein.

Die Tage nach der OP waren unangenehm, aber eine erwachsene Lo stand sie durch. Mit altbekannter Disziplin. Vor den Fensterscheiben sah die große Lo Bäume, die sich im rauschenden Wind wiegten und ihr ermutigend zuzuwinken schienen. Dann schaute Lo mutig nach innen und es kam ihr vor, als ob sie während ihrer Narkose durch eine Glastür geschritten sei. Um aus einer Gefahr in eine Sicherheit zu treten. Um aus einem Halbdunkel in ein freundliches Licht zu treten. Um aus einem Lärmen in eine Ruhe zu treten. Um aus einer Enge in eine Weite zu treten. Dieses bewusste Erleben von Weite war für sie eine gänzlich neue Erfahrung. Sie wollte jetzt mehr davon. Sie war sich sicher, dass es ihr zustand.

Als Lo aus dem Krankenhaus zurückkehrte, fand sie im Briefkasten ihre Kündigung. Lo strich behutsam mit der Hand über die glatte Oberfläche des Schreibens, fühlte in jede Faser des Papiers, spürte

in jede einzelne Zelle ihres Körpers und erlebte erneut diese
Weite. Sie mochte das. Sie sehnte sich danach. Es war gut.
Lo nutze die folgenden Wochen und Monate, um ihren Blick neu
auszurichten. Es erschienen zahlreiche Bilder, die sich vertraut an-
fühlten. Diesmal allerdings angenehm vertraut. Als Lo ein Bedien-
pult in sich wahrnahm, machte sie sich dennoch Sorgen um ihren
Geisteszustand. Ihr neuer Therapeut beruhigte sie: „Für Menschen in ihrer Situation ist das nichts Ungewöhnliches und eher
ein Grund zur Freude als ein Anlass zum Zweifeln." Lo war dankbar. Sie fühlte sich wie am Beginn einer Reise. Gleichzeitig ver-
spürte sie nach wie vor keinen Drang, fremde Länder zu erkunden.
Dafür würde später noch Zeit sein.

Zum nächsten Treffen in der Eisdiele brachte Tine einen etwas
jüngeren Mann mit, den sie als ihren Bruder vorstellte. Auf Los
verdutzten Blick hin entgegnete sie, dass sie ein Treffen zu dritt
schon oft vorgeschlagen habe, wobei Lo nie auf Tines Idee einge-
gangen sei. Der Mann wirkte angenehm auf Lo. Er verströmte eine
Ruhe, hinter der sich keine Gefahr zu verbergen schien. Er verbreitete eine sanfte Helligkeit, die nichts zu kaschieren oder zu über-
strahlen versuchte. Der Mann trug ein grünes T-Shirt, was Lo
überraschenderweise überhaupt nicht in Schrecken versetzte und
hinter dem sie nichts Rotes erspähen konnte. Nicht einmal etwas
Gelbes. Lo empfand ein Gefühl von Sicherheit im Hier und Jetzt.
„Wie heißt denn dein Bruder?", fragte Lo.
„Max", antwortete Tine.
„Das steht für Maxim", sagte Max.
„Besser gesagt für Maximilian", ergänzte Tine schmunzelnd.
Max wandte sich an Lo: „Wenn ich fragen darf: Ist Lo ein Spitz-
name?"
Lo geriet kurz ins Stocken: „Nein. Das ist genau genommen kein
Spitzname. Eigentlich steht das für Lotte. Ja, Lotte."
„Besser gesagt für Charlotte?", erwiderte Max mit einem Zwin-
kern.

Plötzlich spürte Charlotte ganz deutlich, wie tief in ihrem Magen ein Knoten aufging. Und dann noch einer. Da war es wieder, das Gefühl von Weite. Charlotte war sich absolut sicher, dass es ein wunderbarer Tag mit Maximilian und Florentine werden würde.

Das Schattenmännchen

In einem Wald zu einer Zeit da existierte ein Schattenmännchen. Es war ein scheues Wesen, das sich gut verstecken konnte. Auf das Verbergen an Baumwurzeln verstand es sich besonders trefflich. Selbst der gerissene Fuchs und der mürrische Dachs ahnten nicht, dass dort jemand direkt vor ihrer Nase saß. Das Schattenmännchen war ganz und gar unsichtbar. Nicht mal ein Schatten war zu sehen.

Das kleine Männlein hütete sich vor den Großen. Schließlich war ihm immer gesagt worden, dass diese nichts Gutes im Schilde führten. Immerfort spähte das Männchen angstvoll, denn überall konnten Gefahren lauern. Es mied den verschlagenen Wolf, den plumpen Bären und den hochmütigen Hirsch. Die weite Flur und das offene Feld brachten ihm Verdruss. Wo die Sonne ihre Strahlen ungehindert hinsenden konnte, gab es keine Gelegenheit zum Unsichtbarwerden. Im Halbdunkel des Waldes aber, inmitten der vielen Schatten, da fühlte es sich zu Hause. So gut es eben ging.

Zahllose Jahre war das Männchen durch seine Schattenwelt gezogen, immer auf der Hut. Lange hatte es mit keinem mehr ein Wort gewechselt, sei es Waldwicht, Kiefernkobold oder Heckenhutze. Es hatte ihm genügt, das Spiel der Schatten zu beobachten – wie sie sich in großer Vielfalt überlagerten, ineinander übergingen und umeinander tanzten.

Die Zeit war nicht spurlos an ihm vorübergegangen, ganz farblos und fadenscheinig war es mittlerweile geworden. Es sah nur mehr Eicheln und Bucheckern statt Klatschmohn und Sonnenblumen. Mäuse, Maulwürfe und Molche waren seine Gefährten: alles, was im Dunkeln kreuchte und fleuchte. Zu allen Großen wahrte das Männchen Distanz. Mit seinem braungrauen Mäntelchen, seinem abgewetzten Hut, dem ausgebeulten Rucksack und dem klapprigen Wanderstöckchen tastete es sich durch die Gefilde abseits der belebten Straßen und Wege. Gehörigen Abstand hielt es zu belebten Behausungen und jeglichen Gemäuern, auf die es stieß. Nicht selten fluchte es leise über die lästigen Umwege, wenn es beim Wandern in den Halbschatten über seinen grauen Bart stolperte, der im Laufe der Jahre beachtlich an Länge gewonnen hatte. „Halte dich fern von den Großen", sprach immer wieder die Stimme in seinem Inneren, „du darfst ihnen nicht trauen!"

Schließlich hatte ihn seine endlose Reise in ein Land geführt, in dem sich Bäume und Wälder nur mehr wie kleine Inselchen aneinanderreihten. Immer öfter musste es die Dämmerungsstunde abwarten, um zwischen den Schutz bietenden Baumflecken hin und her zu huschen. Schon bald fühlte es sich ermattet und ausgezehrt. Seine Sinne schienen ihm weniger scharf. Seine Angst nahm zu, auf Abwege zu geraten oder von den kratzigen Klauen eines großen Greifvogels gepackt zu werden. Vergeblich hielt es Ausschau nach knorrigem Wurzelwerk, das ihm in der Vergangenheit zuverlässig Zuflucht und Schattenraum geboten hatte. Erschöpft streifte es sich den schweren Rucksack vom Leib und ließ sich mitten in einem kleinen Birkenwäldchen zu Boden sinken. Hier war es für seinen Geschmack viel zu hell, doch sein kleiner Körper brauchte endlich Ruhe. Noch ehe es sich's versah, war es fest eingeschlafen.

Das Männlein träumte von modrigen Gängen, klaftertief unter der Erde. Ein Labyrinth aus Schächten und Stollen. Ständig schlugen ihm zottige Wurzeln ins Gesicht. Wieder und wieder stolperte es über Gesteinsbrocken, stieß sich an scharfkantigen Felsstücken, die aus den Wänden ragten. Links oder rechts? War es hier nicht gerade eben abgebogen? Warum ging es niemals bergauf? Da, endlich ein Lichtschein! Mit einem Kloß im Hals hastete es auf den vermeintlichen Ausgang zu. Heller und heller wurde das Licht, nahezu unerträglich. Schließlich musste es niesen und tat die Augen auf.

Sein Hut mit der breiten Krempe war ihm aus dem Gesicht gerutscht. Grelle Sonnenstrahlen blendeten das Männchen. Es kniff seine Augen zusammen und drehte sich weg. Doch halt, war da nicht noch etwas anderes? Vorsichtig löste es sich aus seiner zusammengekauerten Haltung und begriff, dass man es umzingelt hatte. Von allen Seiten drang ein helles Wispern auf das Männchen ein. Es brachte all seinen Mut auf und versuchte, seine Umgebung in Augenschein zu nehmen. Was es erblickte, ließ das Schattenmännchen zu Stein erstarren: ein halbes Dutzend Menschenkinder. Nun war es ganz sicher um ihn geschehen! Es konnte nicht anders sein. Das war der Moment, vor dem man ihn immer eindringlich gewarnt hatte. Zu spät …

„He, kleiner Mann!"
„Warum hast du denn solche Angst?"
„Hier, nimm einen Apfel. Du siehst ja ganz ausgehungert aus."
„Armer Wicht."
Eine Kugel rollte auf ihn zu. Sie hatte die Farben von Klatschmohn und Sonnenblumen. Das Männchen zögerte.
„Lass es dir schmecken, du Armer!"

Argwöhnisch betastete es das freundliche runde Ding. Es roch gut. Es roch wirklich verlockend. Ohne weiter zu überlegen, biss das Männchen hinein.
„Schaut doch nur! Ist das nicht herzallerliebst."
„Ja, das hat der kleine Racker wohl dringend gebraucht."
„Wie gut, dass wir ihm noch helfen konnten."

Das Wunderding, Apfel hatten sie es genannt, erfüllte das Männchen mit neuer Lebenskraft. Mit einem Mal wirkte es nur noch halb so bedrohlich, umringt zu sein. Die Kinder lagen verstreut auf dem Boden, manche von ihnen kauten genüsslich auf einem Grashalm. Sie redeten kichernd miteinander. Ihre Gesichter leuchteten wie Kerzen.
„Kleiner Mann, magst du nicht mit uns kommen? Wir haben einen Handwagen dabei. Er ist schon voller Herbstäpfel, Kiefernzapfen

und Kastanien. Zwischen ihnen kannst du dich bestimmt gut verstecken. Dann sieht dich niemand."

Das Männlein musste nicht zweimal nachdenken. Die Entbehrungen der letzten Wochen, Monate und Jahre hatten ihm alles abverlangt. Es raffte seine Habseligkeiten zusammen und kletterte geschwind in den Wagen. Fröhlich singend und lachend machten sich die Kinder auf den Heimweg.

„Männlein, wir haben eine Scheune. Dort kannst du dich auf dem Heuboden einquartieren. Wir werden dir Essen bringen. Wir haben uns schon immer so ein kleines Wesen gewünscht, um das wir uns kümmern können. Unsere Eltern haben ganz sicher nichts dagegen. Wenn du magst, kannst du sie gleich kennenlernen."

Das Männchen hörte ängstlich zu und sogleich wanderte ein pechschwarzer Schatten über sein kleines Herz. „Hüte dich vor den Großen!" Furchterfüllt verkroch es sich in den Tiefen der Fuhre.

Das Wägelchen holperte über Weg und Steg. Die sechs Kinder wechselten sich an der Deichsel ab. Als sich die Sonne bereits anschickte, hinter einer Hügelkette unterzugehen, tauchte vor ihnen ein kleines Gehöft auf. Eng zusammengekauert lagen dort ein Wohnhaus und einige windschiefe Anbauten. Die Geschwister steuerten schnurstracks auf ein breites Schiebetor zu, das sich ächzend öffnete. Im Halbdunkel war eine Leiter zu sehen. Die Kinder kletterten mit dem ermatteten Männlein nach oben und legten es behutsam im Heu ab.

„Hier kannst du dich zwischen den Halmen verstecken, bis wir mit Essen wiederkommen. Wir werden dich natürlich in Frieden lassen. Möge es dir bald besser gehen! Schön, dass du hier bist."

Das Schattenmännchen verspeiste den Rest des Apfels und machte sich ein Nachtlager zurecht. Es lag noch lange wach und lauschte den fremden Geräuschen, auf die es sich keinen Reim machen konnte: ein Rascheln und Knarren, ein Surren und Kratzen, ein Säuseln und Scharren. Schließlich fiel es in einen schweren

Schlaf. Es träumte von einem prächtigen Hahn, der auf dem Misthaufen stand und lauthals krähte. Krähte. Krähte. Immer wieder krähte.

„He, du Siebenschläfer. Willst du denn überhaupt nicht wach werden?"
Was, schon Morgen? Es war doch gerade erst eingeschlafen.
„Gönnt mir noch ein wenig Ruhe, Kinder. Die paar Stunden Schlaf genügen mir nicht."
„Habt ihr gehört? Das Kerlchen kann sprechen." Die Kinder kicherten erstaunt. Die Kleinste von ihnen stupste ihn freundlich mit dem Finger an: „Die paar Stunden Schlaf? Du bist drollig. Der Hahn ist bereits zum dritten Mal auf den Mist gestiegen. Du hast zwei Tage und drei Nächte durchgeschlummert."
Wie um die Worte zu untermalen, krähte der Hahn auf dem Hof lauthals ein letztes Mal. Das Schattenmännchen setzte sich auf, streckte die müden Glieder und entwirrte seinen schlaftrunkenen Bart. Sein winziger Körper schmerzte vom Scheitel bis zur Sohle. An Aufstehen war nicht zu denken. Zunächst musste es sich auskurieren. Die Kinder hatten ihm ein Tablett mit Leckereien mitgebracht. Milch, Nüsse, Brot, Käse – was für ein Festmahl für unseren erschöpften kleinen Wanderer! Das Männchen erkundete seine Behausung. Das Heu war ein ausgezeichnetes Versteck. Ein Dach über dem Kopf. Wann hatte es das zuletzt gegeben? Dann wagte es einen Blick durch die Bretterzwischenräume. Es erkannte einen hellen Hof, auf dessen gegenüberliegender Seite das Wohnhaus stand. Hinter einer Fensterscheibe meinte es einen großen Schatten vorbeigehen zu sehen. Das Männlein spürte einen Schlag von innen gegen die Magengrube, zuckte vor Schreck zusammen und machte sich ganz klein.

Mindestens zweimal pro Tag erklommen die Geschwister die Leiter zum Heuboden und versorgten das Schattenmännchen mit schmackhaften Häppchen, die sie sich vom Munde abgespart hatten. Die kleinen Großen waren so herzig, wie sie ihre leuchtenden

Gesichter über den Rand des Heubodens reckten. Näher kamen die Kinder nicht heran, denn sie wollten ihren Gast nicht verschrecken. Die Kinder hielten sich unten in der Scheune auf, wo sie tief versunken das nachspielten, was im Haus auf der anderen Hofseite vor sich ging. Das Männlein liebte es, ihnen dabei aus sicherer Entfernung zuzuschauen und ihren Unterhaltungen zu lauschen, auch wenn es kaum etwas von dem verstand, was da geredet wurde. Zu fremd waren die Welt und ihre Gepflogenheiten. Dennoch fühlte es sich eigentümlich tröstlich an, Menschen in der Nähe zu haben. Kleine Menschen. In ausreichendem Abstand.

Der Blick des Männchens wurde allmählich klarer, seine Schmerzen ließen nach und es stellte sich beinahe ein Vorgefühl von Entkrampfung ein. Fast in jeder Nacht hatte es davon geträumt, in eine neue heimtückische Falle getappt zu sein. Aber immer, wenn die strahlenden kleinen Gesichter vor ihm auftauchten, zerplatzten seine Sorgen wie eine Seifenblase. Dann schämte sich das Männlein für seine argwöhnischen Gedanken. Warum konnte es sich nicht einfach freuen? Warum wummerte tief in seinem Inneren immer diese dumpfe Warnung? „Du darfst ihnen nicht trauen. Hüte dich vor ihnen ..." Mit einem mulmigen Gefühl in den Eingeweiden sank es erneut in einen unruhigen Schlaf.

Die Wochen und Monate vergehen. Das Männchen gewöhnt sich an seine neue Welt. Es lugt durch die Ritzen des Heubodens und beobachtet tagtäglich die Menschenkinder. Immer wieder. Immer wieder. Jeder Tag ist ein neuer Tag. Das Männlein meint vage zu ahnen, was hier gespielt wird. Seine Schultern scheinen leichter und weniger gebeugt. Einmal fühlt das Männchen sogar einen Hauch von Dankbarkeit aufsteigen.
Dann kommt der Tag, an dem das Männlein den Regen riecht. Seine Nase zuckt und ein zauberhaftes Prickeln stellt sich ein, das sich über seinen ganzen Körper zieht. Das Schattenmännchen spürt etwas Entscheidendes herannahen und hält sich bereit.

Alle Kinderstimmen sind für diesen Tag verstummt. Die Abenddämmerung hat sich längst zurückgezogen und der Nacht das Feld überlassen. Stille herrscht in der Scheune. Das Schattenmännchen tastet sich lautlos die Leitersprossen hinab, lugt aus dem Schiebetor und tritt zögerlich in den fahlen Mondschein hinaus. Das Männchen zurrt seinen Mantel eng um die schmalen Schultern und verbirgt sein Gesicht unter der Hutkrempe. Kleine Füße tippeln über den Hof und vom Gehöft. Einer Ahnung folgend gelangt der nächtliche Wanderer in ein nahes Waldstück. Ein Windzug streicht dem Schattenmännchen durch die Beine, ein Ast knarrt, ein Zapfen kullert. Nur noch eine kurze Wegstrecke und das Männchen steht am Waldrand. Gekonnt verschmilzt es mit den Baumwurzeln, die ein dichtes Geflecht über dem Erdboden bilden. Es lässt seinen Blick über das freie Feld schweifen. Im Licht des Mondes sieht es sie dort alle stehen, als ob sie sich verabredet hätten: den gerissenen Fuchs, den mürrischen Dachs, den verschlagenen Wolf, den plumpen Bären und den hochmütigen Hirsch. Die Szene wirkt wie eingefroren. Das Bild bewegt ihn auf eine eigentümliche Weise, obwohl sich nichts bewegt. Das Männchen weiß noch nicht recht, was es davon halten soll. Die Gestalten stehen reglos da, als ob sie jemand hingestellt hätte. Oder hat etwa jemand die Zeit angehalten? In diesem Moment setzt der Regen ein. Erst ganz zart, dann immer dichter. Während die Tropfen prasseln, fragt sich das Schattenmännchen, warum die fünf Großen auf dem Feld sich nicht rühren. Was geht da vor? Das Männchen wird unruhig. Es läuft zappelig zwischen den Wurzeln hin und her, springt unschlüssig auf und ab. Endlich pirscht es sich immer näher heran, denn die Neugier wird zu drängend. Das Schattenmännchen steht mit pochendem Herzen vor dem Fuchs. Noch nie war es dem Fuchs so nah. Der Fuchs scheint riesig. Das Männlein schaut sich alles genau an. Es stutzt. Moment mal, hier fehlt etwas. Es sucht nach etwas, das nie und nimmer fehlen dürfte. Das Männchen schwört Stein und Bein, dass hier etwas nicht mit rechten Dingen zugeht. Wo ist das Erwartete? Wo ist das Gerissene? Es kann doch nicht verschwunden sein. Der Regen! Der Regen muss es abgewaschen haben, denn vor dem Männlein steht nicht mehr und nicht weniger als ein Fuchs. Ein bloßer Fuchs. Nur ein Fuchs. Das Männlein fragt sich bestürzt, was überhaupt ein Fuchs ist. – Und was ist das für ein Regen? Das Männlein reibt sich das Staunen aus den Augen. Nun wendet es sich dem Dachs zu. Es wird mutiger und untersucht alles ganz akribisch. Trotz aller Mühe und Sorgfalt kann es nichts Mürrisches ausmachen. Was wird hier gespielt? Das Männchen wuselt aufgebracht zwischen Wolf, Bär und Hirsch hin und her. Vergeblich sucht es nach Verschlagenheit, nach Plumpheit und nach Hochmut. Das Männchen hat sich fest darauf verlassen, das Erwartete zu finden. Seine Welt fußt darauf. Nun ist es fast schon enttäuscht. Mit dem äußersten Mut der Verzweiflung stupst es den Wolf an. Der Finger bleibt trocken. Der Wolf ist trocken, kein Regentropfen kann ihn getroffen haben. Bei den vier anderen Formen ist es ebenso. Das Männchen ist überrascht. Entsetzt. Verwirrt. Überwältigt. Und seltsam ruhig.

Hinter dem Schattenmännchen frischt der Wind auf und leitet es weiter in eine bestimmte Richtung. Beim Gehen wird dem Männchen unbegreiflich leicht ums Herz. Es kann sich nicht erklären, was hier mit ihm geschieht. Dort hinten winken ihm drei kleine Umrisse freundlich zu. Die Umrisse sehen vertraut aus, vor allem die kleinen Hüte mit ihren Krempen. Beim Näherkommen verschwinden die Umrisse, doch das Männchen entdeckt einen Trampelpfad. Es folgt dem Pfad und gelangt zu einem Geländer. Ein schönes Gefühl, wie die Hand darauf liegt. Das Geländer ist wie für die Hand gemacht. Das Männlein lässt sich vom Geländer führen und steht schon bald auf Holzplanken. Eine Brücke! Aufgeregt arbeitet sich das Männchen auf der Brücke voran. Glimmender Nebel verdeckt die Sicht, doch nichts riecht nach Angst. Das Schattenmännchen ertastet eine Leiter. Geschickt und mutig erklimmt es die Sprossen. Höher, immer höher. Freier, immer freier. Leichter, immer leichter. Nichts riecht nach Gefahr. Der kleine Entdecker erreicht eine Plattform. Jemand hat etwas in die Wand geritzt, etwas Rundes. Kann das ein Auge sein? Oder ist es ein Herz? Oder etwa ein herzförmiges Auge? Möglicherweise ist es auch nur ein Astloch und das Männchen halluziniert. Es setzt sich und lässt seinen Blick schweifen. Nebelschwaden ziehen über das Land, doch ab und zu reißen sie auf und geben den Blick frei. Das Männchen strengt seine Augen nach allen Kräften an. Leider sind die Momente zu kurz, um die Bilder auflösen zu können. Dennoch schöpft das Männlein Hoffnung. Es stellt sich ein beruhigendes Gefühl ein. Hier zu sitzen und dem Treiben zuzusehen, fühlt sich warm und sicher an. So etwas hat das Schattenmännchen noch nicht erlebt. Es wähnt sich zum allerersten Mal in seinem Leben unbedroht. Fast hat es das Gefühl, dass ihm überhaupt gar nichts widerfahren kann. Viele Stunden sitzt das Männlein. Es schweigt und schaut und genießt das Prickeln.

Dann ist die Zeit für den Heimweg gekommen. Vorsichtig steigt das Männchen auf eine Sprosse nach der anderen und klettert hinab, während es gleichzeitig wahrnimmt, dass es wieder hinaufklettert. Noch drei Sprossen, noch zwei Sprossen, noch eine Sprosse, dann erreicht es den Heuboden. Kurz darauf kräht der Hahn. Das Krähen klingt anders als gewohnt. Das Männlein merkt in diesem Augenblick, dass sich etwas verändert hat. Es blickt tief in sich hinein, spürt das vertraute Prickeln und trifft eine Entscheidung. Es richtet sich zu seiner vollen Größe auf, stopft seinen Hut in den Rucksack, klopft sich das Heu aus dem Mäntelchen und klettert die Leiter hinab. Dann schiebt es das Tor auf und tritt in die freundlichen Strahlen der Morgensonne hinaus. Regentropfen auf seinem Bart glänzen wie perlendes Silber. Auf der anderen Hofseite befindet sich das Wohnhaus, in dem auch die Großen wohnen. Mit sicherem Schritt überquert das Männchen die lichtdurchflutete Freifläche, steuert geradewegs auf die Tür zu und klopft fest an. Es ist an der Zeit, sich bei seiner neuen Familie vorzustellen.

Traumautos

1

Ich sitze am Steuer meines Autos. Die Sitzform ist mir vertraut, das Fahrgefühl angenehm. Ich rolle entspannt durch die Straßen einer Stadt, die mir bekannt vorkommt. Interessiert schaue ich mir die vorbeigleitenden Bauwerke an. Ganz kurz spüre ich eine wohlige Weite. Ist das hier etwa die Welt?

Die nächste Ampel leuchtet grün. Das ist ein Glück, denn ich habe gerade bemerkt, dass ich das Bremspedal zwar betätigen kann, allerdings ohne Wirkung. Mein Auto rauscht über die Kreuzung. Mir scheint das Tempo eine Idee zu flott. Vor mir taucht aus dem Nichts ein Radfahrer auf. Ich umkurve ihn reflexartig, ohne nach links zu blicken. Nichts kracht, nichts scheppert. Durchatmen. Ab jetzt ist Schluss mit dem gemütlichen Cruisen. Die Dynamik des Straßenverkehrs steigert sich Schlag auf Schlag. Vor mir bildet sich ein kleiner Stau. Ich trete die Bremse bis zum Boden durch. Folgenlos. Ich muss umdisponieren und zwinge mich in allerletzter Sekunde zum sportlichen Abbiegen nach rechts. Schulterblick – ein Luxus, den ich mir gerade nicht leisten kann. Ich schlucke meine Angst ins Herz.

In der holprigen Seitenstraße wird die Lage nicht überschaubarer. Die Fahrbahn verengt sich, der Fahrstreifen wird schmaler. Ein Postauto steht mit eingeschaltetem Warnblinker in der zweiten Reihe, ein Kinderwagen wird über die Straße geschoben, ein Ball hüpft auf das Pflaster und zwei Jungen rennen ihm johlend hinterher. Ich zügle meine Panik, denn ich habe noch ein Ass im Ärmel. Ich spanne meine Muskeln an und reiße mit aller Kraft den Hebel der Handbremse hoch. Mein Auto rollt unbeirrt weiter.

2

Ich sitze im Auto und habe Schwierigkeiten, die Straße einzusehen. Mein Sichtfeld ist eingeschränkt. Nach einiger Grübelei komme ich der Ursache auf den Grund: ich muss ständig an einer Nackenstütze vorbeischauen – mal links, mal rechts, mal durch den Spalt in der Mitte. Das erschwert das Fahren erheblich. Zudem realisiere ich, dass ich nicht vorn sitze, sondern auf der Rückbank. Ich muss meine Arme maximal strecken, um am Vordersitz vorbei das Lenkrad zu erreichen. Dabei spüre ich den rauen Sitzbezug an meinem Gesicht und mache mir Sorgen um meine Brille. Ich hasse es, zum Optiker zu gehen und mir das Ding richten zu lassen. Gleichzeitig frage ich mich, wie ich von hier hinten die Pedale erreichen soll. Es frustriert mich, dass meine Füße blockiert sind und ich sie nicht sinnvoll nutzen kann. Warum habe ich nicht schon längst einen Unfall gebaut? Diese verrenkte Art des Fahrens hätte doch keine halbe Minute gutgehen dürfen.
Zu allem Überfluss geht nun der Weg nach vorn nicht mehr weiter. Ich lege den Rückwärtsgang ein, atme tief durch und verrenke mir vergeblich den Hals, um hinten irgendetwas zu erkennen. Der Kofferraum ist vollgepackt, nur an wenigen Stellen scheint Tageslicht durch. Ich schlängle beim Fahren wie ein Betrunkener, kriege keine gerade Linie hin. Noch etwas anderes stresst mich. Etwas sehr Unangenehmes. Das Tempo. Es ist beängstigend hoch, aber ich kriege es nicht gedrosselt. Das kann ich nicht kontrollieren, das versetzt mich in Angst und Schrecken. Frage mich zitternd, wie lange es noch dauert, bis ein hässliches Krachen mein Fahrzeug in einen Schrotthaufen verwandelt. Ich brauche dieses Auto. Verlust inakzeptabel. Sause im Blindflug rückwärts. Das kann nicht gutgehen. Mein Auto rollt wie ferngesteuert weiter.

3

Ich sitze am Steuer meines Autos und bin in einer Stadt auf mehrspurigen Straßen unterwegs. Ich denke meist, dass Grün ist, dann kommt plötzlich Rot. Ich muss blitzschnell bremsen. Oft erweist sich der Bremsweg als zu kurz, obwohl er erfahrungsgemäß hätte reichen müssen. Mehrfach schlittere ich voller Schreck, Schock und Frust über den dicken weißen Haltestreifen. Manchmal muss ich nach dem Bremsen doch weiterfahren, weil ich eine Kreuzung blockiere. Einmal gleite ich beim Bremsen zu weit nach vorn, wende dann rasch und stelle mich mit meinem Auto nochmals an der Haltelinie an.

Einige Ampeln zeigen zwar grün, doch auf den dahinterliegenden Kreuzungen fahren trotzdem Autos von links nach rechts und umgekehrt. Bestürzt sage ich zu mir, dass das auf keinen Fall so sein dürfte und zische im Slalomkurs mit hohem Adrenalinaufwand durch die querenden Fahrzeuge.

Meine Fahrt endet an einer riesigen Lavendelfreifläche mitten in der Turmstadt. Die Pflanzen leuchten im Dämmerschein des anbrechenden Abends in zartem Lila.

4

Ich fahre einen Sattelschlepper mit schwerer Last und bekomme keine wirkliche Kontrolle über die Bremse an diesem Gerät. Hin und wieder befinden sich kleine Kinder auf der Straße. Sie gehen erst im letzten Moment aus der Bahn, für meinen Geschmack viel zu entspannt und zu gemächlich. Ich bete inständig zu Gott, dass es nicht knirschen möge. Es scheint nichts Schlimmes zu passieren. Ich kann das schwere und unbewegliche Gefährt halbwegs lenken, habe aber keinen Einfluss auf die Bremse.

Jetzt wird die Straße schmal und abschüssig. Sie führt in scharfen Kurven direkt an einem Abgrund entlang. Teilweise erscheint mir die Streckenführung unverhältnismäßig seltsam, wie ein absurd schwieriges Level in einem Computerspiel. Mit der Zugmaschine kann ich zwar tapfer die Spur halten, doch über den schweren Anhänger mache ich mir Gedanken. Wenn der in den Abgrund rutscht, zieht er mich unweigerlich mit hinunter. Es scheint nichts zu passieren, doch ich pulsiere vor Stress.

Ich folge den irren Kurven am Berghang. Rechts geht es steil bergab und links steil bergauf. Die Straße wird stetig schmaler und verwandelt sich in eine Art Bobbahn. Ich fahre mit der Zugmaschine in die Bahn hinein und stecke sogleich fest, weil der Tunnel viel zu eng ist.

Ich werde stutzig und denke bei mir, dass das hier totaler Quatsch ist. Mir reicht's. Ich steige aus und knalle bockig die Tür zu, denn das ist mir zu blöd. Ne, sorry, dieser Traum ist mir einfach zu unglaubhaft. Aus eigenem Antrieb beende ich entschlossen den Traum.

5

Ich will mit dem Auto nach Hause fahren. Durch Beobachtung der anderen Autos vermute ich, dass es einen Stau gibt. Deswegen schlage ich vor der Kreuzung eine Alternativstrecke ein, auch wenn es diese Strecke in meiner Wohngegend gar nicht gibt.

Nun kommen mir Zweifel. Vielleicht hat sich auf der ursprünglichen Route doch kein Stau gebildet? Ich lasse das Auto auf der Alternativstrecke weiterfahren und fliege aus meinem Auto, um mich mit eigenen Augen zu überzeugen. Beim Fliegen kann ich mich selbst nicht sehen, komme mir aber vor wie eine Drohne. Ich überfliege die Originalstrecke, um die Verkehrslage in Erfahrung zu bringen. Gelange zum Schluss, dass gar nicht viel los ist und dass ich mich von den anderen oder von mir selbst habe irritieren lassen. Alles wäre super gewesen.

Ich befinde mich jetzt direkt über der Straße und gehe immer tiefer. In 1-2 m Höhe kann ich direkt in die anderen Fahrzeuge blicken. Eines der mir entgegenkommenden Autos ist ein Trabant. Am Steuer sitzt Manfred. Er reißt die Augen auf und schaut mich ungläubig an. In diesem Moment wundere ich mich, dass ich zu sehen bin. Ich war mir so sicher, unsichtbar wie ein Geist herumzuschweben.

Während ich weiterschwebe und einen See sowie riesenhafte Bäume entlang der Straße bestaune, wird mir siedendheiß bewusst, dass ich einen dringenden Termin habe. Mist, wie soll ich es nur rechtzeitig schaffen, mit meinem Auto dorthin zu kommen? Also denke ich mir, dass ich kurz bei meiner Verabredung vorbeifliege und Bescheid gebe. Ich schwebe hin und sehe, dass sogar zwei Leute auf mich warten, ein Mann und eine Frau. Beide sehen so nett aus und ich werde ganz wehmütig. Mensch, das wäre bestimmt ein fantastisches Beisammensein geworden. Ich rufe den beiden zu, dass ich noch rasch das Auto hole und dann sofort zu ihnen komme. Sie reagieren verständnisvoll, wenn auch etwas verhalten. Ich zeige ihnen zwei Stühle, auf denen sie beim Warten sitzen können. Sie nehmen Platz, wirken gefasst, aber leider auch traurig.

Ich habe ein schlechtes Gewissen, denn ich brauche sicher noch 20 Minuten, um zum Auto zu fliegen und dann nochmals 20 Minuten, um mit dem Auto zurückzufahren. So lange werden meine Gäste sicherlich nicht warten. Voller Verzweiflung fange ich an zu weinen, weil ich mir durch meine Unachtsamkeit und Wankelmütigkeit die schöne gemeinsame Zeit mit den beiden verdorben habe.

6

Wir fahren in unserem Auto von zu Hause weg. Auf der anderen Straßenseite ist Stau, Stau, Stau. Laster ohne Ende, selbst auf der Landstraße. Ich denke bei mir: ‚Ach du liebe Güte, wie wollen wir denn da nachher wieder nach Hause kommen?‘

Eine Frau sitzt neben mir und sagt: „Mensch, die Leute übertreiben es aber total mit ihren Hilfspaketen ins Nachbarland. Das ist viel zu viel. Das kann doch keiner mehr hinbringen. Und jetzt staut sich das schon bis zu uns. Das bringt doch nichts, zumal wir alle aus dem Fernsehen wissen, dass die Leute dort mit den ganzen Sachen gar nichts anfangen können. Jetzt kann das langsam wieder aufhören. Die Leute geben doch auch nur ihren alten Mist weg.“

Die Straße verwandelt sich in einen Gang und wir stehen plötzlich in einer Warteschlange vor einem Empfangsschalter beim Arzt.

7

Wir stehen zu viert an einer Straßeneinmündung und haben einen Eimer dabei, in den wir einen kleinen Weihnachtsbaum gestellt haben. Wir unterhalten uns, während wir unsere Sachen auf der Straße ausbreiten, um uns einzurichten. Von einer größeren Straße kommt mit lautem Tatütata ein Feuerwehrauto angefahren. Das Auto blinkt und will in unsere Straße einbiegen. Wir geraten in Aufregung und wissen, dass wir jetzt schleunigst unseren gesamten Kram von der Fahrbahn räumen müssen. Hektisch schieben wir alles auf den Fußweg. Das Feuerwehrauto bremst, der Fahrer lässt die Scheibe herunter, lehnt sich hinaus und sagt: „Ach, Mensch, sorry, muss doch nicht hier abbiegen. Jetzt musstet ihr ganz umsonst alles wegräumen. Tut mir leid." Dann fährt das Auto geradeaus weiter, ohne abzubiegen.

8

Wir sind zu fünft unterwegs und kehren zu unserem geparkten Auto zurück. Direkt dahinter steht ein anderes Auto und wir ahnen sofort, dass etwas nicht stimmt. Im Kofferraum und auf der Rückbank erblicken wir etwas Grünes. Es stellt sich heraus, dass das andere Auto einen Weihnachtsbaum geladen hat. Obwohl Sommer ist. Der Tannenbaum ragt in unser Auto hinein. Die Leute meinen: „Oh, sorry, da war der wohl ein bisschen lang. Wir kappen den schnell." Die Leute sägen den Stamm durch und ziehen das Baumstück aus unserem Auto heraus. Obwohl die Heckklappe unseres Autos die ganze Zeit geschlossen war, können wir keinerlei Schäden an der Heckscheibe feststellen.
Wir fahren los. Ich sitze am Steuer und ein Mann sitzt neben mir. Ich komme an keines der Pedale heran, weil der Mann alle seine Sachen darauf abgelegt hat. In meinem Fußraum sehe ich schier unendliche Mengen von irgendwelchem Krempel.
Plötzlich rollt das Auto rückwärts, ohne dass ich irgendwas daran ändern kann. Voller Angst erlebe ich einen Blindflug. Es gibt

keinen Knall und keine Kollision. Dann bin ich der Meinung, dass ich jetzt dringend bremsen müsse. Da ich nicht ans Bremspedal gelangen kann, ziehe ich einfach die Handbremse. Das Auto kommt zum Stehen. Ich atme tief durch und schaue mich um. Wenige Zentimeter links und rechts von mir steht jeweils ein Auto. Ich denke bei mir: ‚Puh, da haben wir aber wieder Glück gehabt.‘ Meine Frau auf der Rückbank sagt: „Puh, da haben wir aber wieder Glück gehabt.“

Wir setzen den Mann zu Hause ab und sind nun zu viert mit dem Auto unterwegs. Wir gelangen in eine Kleinstadt. Dort liegt eine Matratze auf der Straße. Meine Frau sagt sofort, dass wir die mitnehmen: „Eine Matratze kann man immer gut gebrauchen.“ Wir spazieren zum Marktplatz der Stadt. Meine Frau legt die Matratze auf den Boden, damit ich mich darauf ausruhen kann. Dann breitet meine Frau eine Decke über mich.

Ich liege mitten auf dem Marktplatz, über den zahlreiche Leute gehen. Hinten links befindet sich ein Durchgang. Er ist mit einer kleinen Kellertür aus Metall verschlossen. Ich frage unsere Tochter, ob sie bitte die Tür zumachen kann, denn da scheint immer das Licht so grell durch. Unsere Tochter läuft die 100 m zur Tür und schließt sie. Sofort reißen neu eintreffende Passanten die Tür wieder auf. Nach einer Weile ruft mir unsere Tochter zu, dass es keinen Sinn hat, die Tür zuzumachen, weil immer wieder neue Menschen auf den Markt strömen. In diesem Moment ist es mir hochnotpeinlich, dass ich unsere Tochter überhaupt gebeten habe. Quer über den Platz rufe ich ihr zu, dass meine Idee totaler Quatsch war und dass sie die Tür einfach so lassen soll, wie sie jetzt ist. Dann denke ich: ‚Oh Scheiße, jetzt werden die Leute auf dich aufmerksam. Davor warst du unsichtbar, aber jetzt wirst du gesehen.‘ Ich fühle Scham.

9

Ich fahre in meinem Auto auf der Landstraße. Die Strecke ist schnurgerade. Links und rechts ziehen Felder und Wälder vorbei.

Ich mag das. In einiger Entfernung kann ich das Ortsschild sehen, bald bin ich zu Hause. Auf Höhe des Ortsschilds kommt mir ein Auto entgegen. Ich schaue interessiert durch seine Frontscheibe, kann aber nichts Genaues erkennen. Dann kollidieren wir ungebremst frontal.

Alles ist leise und sanft.

Kein Krachen, kein Kreischen, kein Drama.

Keine Wehmut und kein Bedauern.

Ein leichtes Prickeln zieht sich von der Brust bis in meine Kehle.

Alles andere als unangenehm. Befreiend.

Das habe ich mir anders vorgestellt.

10

Meine Frau und ich sind in den USA unterwegs. Wir dürfen das Auto unserer Gastgeber nutzen, die wir nicht kennen. Ich schaue auf die Landkarte und wundere mich, dass diese unter Kalifornien abrupt zu Ende ist. ‚So ähnlich wie bei Florida‘, denke ich spontan. Ich meine, dass da im Süden noch etwas kommen müsste, schließlich sind wir hier nicht auf Feuerland. Aber da ist beim besten Willen nichts mehr zu sehen.

Meine Frau teilt mir mit, dass es laut Navi nur 35 min bis Las Vegas sind. Wir einigen uns auf diese Tour. Im Vorfeld schaue ich mir auf dem Navi die Route als Fahrsimulation an. Ich sehe ein seltsames Kreiseln aus gänzlich unplausiblen Linien, die spiralförmig von innen nach außen verlaufen. Ich finde diese Fahrstrecke recht eigentümlich. Sie hat möglicherweise mit der hiesigen Autobahnstruktur zu tun. Sicherlich führen die Magistralen in Kreisen aus einem Ort heraus.

Schon geht die Simulation in die eigentliche Fahrt über und das Auto startet von selbst. Während sich das Auto fortbewegt, halten wir uns im Hinterraum auf und machen es uns im Bett gemütlich. Mich beschleicht dabei ein mulmiges Gefühl. Ich erwarte, dass es jeden Moment krachen wird: ‚Gleich muss es donnern! Wie kann es sein, dass es so lange gutgegangen ist? Wir haben doch noch gar keine selbstfahrenden Autos. Das dauert doch mindestens noch 20 Jahre.' Aber es geht alles gut. Irgendwann verspüre ich den Drang, vorn nachzusehen. Ich gehe los und bemerke sofort, dass etwas anders ist. Anstatt in die Fahrerkabine gelange ich nach oben und stehe plötzlich auf Decksplanken. Ich realisiere, dass sich unser Auto in ein Schiff verwandelt hat. Das ist schlüssig, denn wir befinden uns jetzt auf dem Wasser und wären ansonsten untergegangen. Mich wundert, dass aus dem kleinen Wohnmobil ein ausgewachsenes Schiff geworden ist, zumal wir nicht auf dem Ozean treiben, sondern in einem geräumigen Bassin. Ich kann alle vier Begrenzungen sehen.

Wir liegen fast still. Ich stehe auf dem Deck. Von der anderen Seite kommen drei oder vier Leute auf mich zu. Sie sagen: „Ah, sie sind da heruntergefallen und ihr Auto ist zu einem Schiff geworden. Schauen sie mal, da vorn!" Mir wird bedeutet, ich solle mich über die Reling lehnen und aufs Wasser blicken. Dort kann ich aber nichts erkennen. Die Leute konstatieren: „Es ist eindeutig, sie haben ein Leck." Verwundert frage ich mich, woran die Leute das erkennen. Sie erwidern: „Das sieht man doch! Schauen sie mal da. Und da. Und da." Ich sehe nichts. Offensichtlich besteht Reparaturbedarf, aber ich kann nicht erkennen, worum es sich handelt. Fühle mich überfordert, denn das ist erstens gar nicht unser Auto und zweitens habe ich keinen blassen Schimmer, wie die Verwandlung in ein Schiff vonstatten gegangen ist. Ich bin ratlos und weiß nicht, was ich aus der Situation machen soll.

11

Nach einem anstrengenden Tag sitze ich in meinem Auto und fahre zum Tischtennistraining. Mein Ziel ist eine andere Halle als sonst, deswegen folge ich auch einer anderen Route als üblich und weiß teilweise nicht mehr, wo ich mich gerade befinde.
Es ist sehr dunkel. Ich fahre durch ein Dorf mit engen Straßen und scharfen Kurven. Im Vorfeld einer Schrottabholung wurde lauter Gerümpel vor den Haustüren deponiert. Ich bin sicher, dass ich

gleich in den Herd knalle, der am Straßenrand steht. Im allerletzten Augenblick gelingt es mir, das Auto vorbeizulenken. Ich empfinde das Ausweichmanöver als sehr unwahrscheinlich, weil ich doch so träge bin. Dann rase ich geradewegs auf eine Hausfront zu und denke: ‚OK, dann fährst du jetzt eben da rein, was soll's.' Doch wie von Zauberhand lenkt sich das Auto in der letzten Sekunde am Hindernis vorbei. Ich rüge mich dafür, dass ich viel zu schnell fahre. Objektiv betrachtet fahre ich gar nicht schnell, aber für meine Reaktionen und Reflexe ist das Tempo übertrieben hoch. Warum mache ich mir so einen Stress und fahre nicht einfach langsamer?

Ständig tauchen neue Gegenstände vor mir auf – wie in einem Computerspiel, in dem ich immer ausweichen muss und in dem das Spiel die Geschwindigkeit vorgibt, ohne dass ich einen Einfluss darauf habe.

Schließlich habe ich das Dorf passiert. Dass ich nicht angeeckt bin und keinen Schaden verursacht habe, erscheint mir unwirklich und mysteriös. Gleichzeitig bin ich stark gestresst und durchgeschwitzt.

Nun durchquere ich eine offene Landschaft. Nach einer Weile bemerke ich entsetzt, dass ich im Auto eingeschlafen bin. Das gibt's doch gar nicht. So etwas ist mir noch nie passiert. Ich habe Angst vor dem Öffnen meiner Augen, damit ich nicht sehen muss, was ich angerichtet habe. Schließlich rüttle ich mich wach. Zu meiner Überraschung stelle ich fest, dass die Frontscheibe von innen beschlagen ist. Selbst in hellwachem Zustand hätte ich nichts erkennen können. Außerdem funktionieren die Scheinwerfer nicht. Ich drehe wie wild an den Schaltern, doch das Autolicht bleibt dunkel. Draußen sehe ich verschwommene Autolichter an mir vorbeiflirren. Seltsamerweise hupen die anderen Fahrzeuge mich nicht an. Niemand regt sich über meine Nachlässigkeit auf.

Ich komme nicht damit klar, dass ich trotz meines Nickerchens auf der Straße geblieben bin. Ein Ding der Unmöglichkeit. Als ob ich auf Schienen gefahren wäre. Ansonsten hätte ich mich längst um einen Baum gewickelt, wäre in einem Straßengraben gelandet oder auf ein Feld gerollt.

Die Nacht ist stockfinster und ich kann nichts sehen, doch ich rolle weiterhin auf einer Straße. Vor mir wird es etwas heller. Mitten im Nirgendwo ragt das Ortsschild der nächsten Stadt vor mir auf. Ich bestreite innerlich, dass sich diese Stadt hier befinden kann.

Zahlreiche Leute parken am Straßenrand. Ab und zu blitzt und funkt es. Ein Feuerwerk? Ich will mich mit dazustellen. Peile die erste Parklücke an, doch dort spielen Kinder. Zum Glück kann ich das Steuer noch reaktionsschnell herumreißen und niemand wird verletzt. Ich suche weiter und finde endlich eine Abstellmöglichkeit am rechten Straßenrand, der eigentlich ein Feldrand ist. Heilfroh und erleichtert steige ich unverletzt aus dem unversehrten Auto.

Mein Blick fällt auf einen riesigen Himmelskörper. Durch meine Gedanken tanzt das Wort „Supermoon", doch das ist definitiv nicht der Mond. Ich sehe einen gewaltigen gleißenden Lichtball mit seitlichen Lamellen. Ist es ein Ballon oder ein landendes Raumschiff? Keine Ahnung, was ich vor mir habe. Niemand kommentiert das Ereignis. Die Menschen wirken ruhig und gelassen. Ich kann keine Aufregung wahrnehmen. Wir schauen auf die Erscheinung. Was sollen die Lamellen?

12

Durch ein Fenster blicke ich in den Nachbarraum. Dort sehe ich zahlreiche Autos, eines davon ist ein Trabant. Ich denke bei mir: ‚Ach, das ist so ein süßes Auto. Nein, das wäre so ein süßes Auto, wenn es nicht so einen Gestank verbreiten und die Umwelt verpesten würde. Man müsste sich mal den Trabbi als Elektroauto vorstellen, das wäre cool!' Hinter der Scheibe stehen Leute, die sofort auf meine Gedankengänge einsteigen und mir beipflichten. Unter ihnen ist auch ein Mann. Er tritt ganz nah an das Fenster heran und macht Anstalten, seinen Arm durch die Scheibe zu stecken. Der grobe Arm des Mannes und sein Verhalten erscheinen mir nicht geheuer. Mich beschleicht eine unangenehme Vorahnung. Ich will nur noch einen möglichst großen Abstand zu diesem Mann herstellen. Mich wundert, dass er zu der Gruppe von Leuten gehört, die doch alle recht nett und freundlich scheinen. Bekomme das nicht unter einen Hut. Ich rücke von der Scheibe ab und bin erleichtert, dass ich auf diese Weise den Mann aus meinem Blickfeld schieben kann.

13

Wir sind zu dritt im Auto unterwegs. Während wir durch ein ausgedehntes Waldgebiet in der Nähe unseres Wohnorts fahren, muss unsere Tochter dringend pullern. Wir lassen sie aus dem Auto klettern. Meine Frau und ich fahren zu zweit weiter. Plötzlich läuft mitten vor uns auf der Straße eine Schildkröte herum. Ich sage: „Oh Gott, die müssen wir aufheben!" Ungünstigerweise gibt es keine Möglichkeit zum Anhalten. Die Straße ist eng sowie links und rechts von Leitplanken begrenzt. Ich suche nach der erstbesten Haltemöglichkeit, an der etwas mehr Platz ist. Stelle das Auto ab, wuchte mich raus und will zur Schildkröte zurücksprinten. Ich sehe, wie jemand angelaufen kommt. Da erkenne ich unsere Tochter – sie trägt die Schildkröte im Arm. Ich feiere unsere Tochter für ihre Wachheit und Aufmerksamkeit. So clever, dass sie auf dem Rückweg vom Pullern das Tierchen direkt aufgesammelt hat.
Wir setzen die Schildkröte in den Fußraum vor dem Beifahrersitz. Wegen der holprigen Strecke kippt das arme Tierchen auf den Rücken. Beruhigend streichle ich es und bemerke, dass sich am Bauch kein Panzer, sondern schwarz-weißes Kaninchenfell befindet. Ich denke mir, dass diese Kuschelschildkröte eine klasse Erfindung ist. Alle sind glücklich, dass wir die Schildkröte gerettet haben.
Mir fällt auf, dass ich schon wieder Bremsschwierigkeiten habe, weil ich das entsprechende Bedienelement nicht finden kann. Mir ist unklar, wie ich das Bremsproblem während unserer Fahrt lösen soll.

Wir rollen weiter und befinden uns nun im Urlaub auf einer schwedischen Insel. Wir steuern unser Ziel an, das wir nicht kennen. Unsere Straße wird immer kleiner, verschwindet schlagartig und verwandelt sich in eine große Rasenfläche. Während ich mich noch darüber wundere, rufen beide Frauen „Vorsicht!", denn vor uns tollen Eichhörnchen, Enten und Kaninchen putzig-herzig durcheinander. So langsam und behutsam wie möglich steuere ich das Auto durch sie hindurch, um nicht zu stören. Nebenan sitzen Leute auf Stühlen in ihren Gärten. Wir entschuldigen uns vielmals für unser Eindringen. Uns ist unerklärlich, wie wir von der Straße abkommen konnten.

Wir verlassen das Wohngebiet. Ich parke das Auto und lasse mir im Navi eine Straßenübersicht anzeigen. Während wir dort stehen, werden wir von einer flauschigen Wolke aus hoppelnden Tieren und zwitschernden Vögeln eingehüllt. Wir genießen diesen wundervollen Augenblick. Am liebsten würden wir aussteigen und einfach inmitten der Tiere verbleiben, doch wir sind der Meinung, unser Ziel noch nicht erreicht zu haben.

Laut Navi ist es bis zur nächsten Straße lediglich ein Katzensprung. Ich fahre in die angezeigte Richtung und direkt hinter der ersten Baumreihe finden wir tatsächlich die Straße – doch sie ist voller Autos. Jeder Quadratmeter scheint belegt. Totales Chaos, alles geht durcheinander, die Leute sind aufgebracht, ständig kollidieren Fahrzeuge miteinander. Die Lage ist unserer Meinung nach gänzlich untypisch für Schweden. Wir versuchen, uns von der Seitenstraße auf die Hauptstraße vorzutasten. Ich rolle vorsichtig vor, als ein Auto seitlich auf uns zurast. Jetzt ist es wirklich dumm, dass ich nicht weiß, wo sich die Bremse befindet und wie sie aussieht. Trotzdem kommt unser Auto gerade noch zum Stehen. Ich bin der Meinung, dass es eine Gedankensteuerung hat. Wir einigen uns darauf, auf den Nebenstraßen zu bleiben, um dem Verkehr auszuweichen. Ein anderes Auto hat dieselbe Idee. Wir folgen ihm durch eine Lücke im Stau auf der großen Straße. Auf der anderen Seite befindet sich ein kleiner Schotterweg, unsere Rettung. Wir fahren nun laut Kartenanweisung und finden uns zusammen mit dem anderen Auto in einem Hausflur wieder. Eine Frau kommt aufgeregt angerannt und belehrt uns, dass wir hier um Himmels willen nicht durchfahren können und dass wir das doch sehen müssten. Wir Fahrer der beiden Autos blicken uns verdattert an, wenden und fahren auf die Hauptstraße zurück. Ja, jetzt sehen wir es auch ein, dass wir hier nicht hineinfahren können. Allerdings war das auf der Karte nicht ersichtlich. Wir reihen uns in die riesige Autoschlange auf der großen Straße ein, wobei wir nicht einmal wissen, wohin all diese Autos fahren.

Jetzt ist es nicht mehr schön. Wären wir doch nur bei den Tieren geblieben.

14

Auf dem Anwesen eines meiner Ärzte steige ich nach der Behandlung wieder in mein Auto. Beim Verlassen des Geländes habe ich Schwierigkeiten, denn es gibt keinen Weg. Stattdessen besteht der ganze Boden aus nackter Erde, die teilweise sehr locker ist. Ich bin mir gleich bewusst, dass ich jetzt unschöne Spuren hinterlassen werde. Das tut mir sehr leid, doch wie soll ich sonst mit dem Auto wegfahren können? Die Erde ist stellenweise so locker, dass ich Gefahr laufe, darin steckenzubleiben. Irgendwie schaffe ich es, mich durchzumogeln. Dabei wird mir bewusst, wie groß dieses Feld ist. Es hat die Ausmaße einer Start- und Landebahn. Da vorn muss man links abbiegen und dann gilt es, dort hinten noch einen Abhang hinunterzufahren. Vor dem Abhang befindet sich eine ausgedehnte Fläche mit relativ lockerer Erde. Ich fasse den Plan, das Auto stark zu beschleunigen, um über die problematische Fläche hinüberzugleiten. Das klappt gut! Ich ziehe das Tempo an und überwinde auf surfend-pflügende Weise den Boden. Mitten im dynamischen Vorwärtsfahren bewegt sich mein Auto urplötzlich nach hinten, ohne dass ich einen Ruck spüren kann. Ich frage mich, wie sich ohne Änderung des Geschwindigkeitsvektors eine Vorwärtsbewegung in eine Rückwärtsbewegung verwandeln kann. Ist das physikalisch überhaupt möglich? Die Rückwärtsbewegung erfolgt surfend, segelnd, gleitend und ich kann nichts dagegen ausrichten. Ich sitze im Auto, gebe den Befehl zum Vorwärtsfahren aus und das Auto fährt nach hinten. Erst als ich den Fuß vom Gaspedal nehme, pendelt sich das Auto allmählich aus und ich kann nochmal neu starten. Glücklicherweise bin ich nicht in den Erdfurchen hängengeblieben, sondern kann wieder vorwärts fahren und sehe in einiger Entfernung vor mir schon die Straße. Bald geschafft! Muss nur noch einen kleinen Abhang herunterrollen. Wunderbar, es befinden sich keine Hindernisse mehr im Weg. Doch dann erblicke ich einen kleinen Zaun und muss bremsen. In diesem Moment sitze ich nicht mehr in meinem Auto, sondern umklammere mit meinen Händen den Griff eines Rasenmähers. Durch meinen Schwung rutsche ich über ein Mäuerchen und falle etwa anderthalb Meter. Zunächst kann ich mich noch am Rasenmäher festhalten, der oben stehenbleibt. Dann rutsche ich an der Mauer nach unten und befinde mich nun fast an der Straße. Leider steht der Rasenmäher noch oben. Wir beide sind durch das Mäuerchen getrennt. Das Mäuerchen erinnert mich an Weinberge und nun fällt mir auch auf, wie abschüssig der Abhang doch ist. Unten sehe ich jetzt keine einfache, sondern eine doppelte Zaunreihe. Im Bestreben, einen Weg für den Rasenmäher zu finden, erkunde ich die Gegend und gelange fast bis zur Straße. Ich finde eine Stelle, an der die Passage klappen könnte. Ich wende mich zum Rasenmäher um, doch der Abhang ist mittlerweile so steil geworden, dass ich ihn nicht mehr erklimmen kann. Es ist zum Haareraufen, ich komme da einfach nicht mehr hoch. Ich halte mich an Ästen und Zweigen fest und versuche, mich nach oben zu strampeln, doch es ist alles vergeblich. Ich schaffe das nicht. Im Bemühen, mich an dem schroffen Steilhang hochzuwursteln, erwache ich mit starken Kopfschmerzen und verkrampftem, krummgezogenem, abgekämpftem Körper.

15

Das Auto hat einen Defekt, am Lenkrad ist etwas zerbrochen. Man kann das Steuer noch drehen, aber es klappert seltsam. Wir müssen schleunigst bei einer Werkstatt anbremsen. Einer unserer Mitfahrer erweist sich als Ratgeber und ich hoffe inständig, dass er kompetent und integer sein möge. Der Ratgeber dirigiert uns, so gelangen wir zu einer uns unbekannten Werkstatt. Von dort läuft ein Mitarbeiter auf uns zu, der keinen vertrauenerweckenden Eindruck macht. Mein Bauch meldet mir sogleich, dass es sich um einen Filou handeln könnte, der uns über den Löffel balbieren möchte. Der Mann sagt direkt: „Das könnse vergessen, das Auto ist hinüber. Ich geb' ihnen hier 'nen Mietwagen." Wir fragen nach dem Preis. Die absurde Summe, die uns genannt wird, lehnen wir mit der Begründung „Das ist ausgeschlossen!" ab. Daraufhin meint der Mitarbeiter, dass er uns den Mietwagen auch umsonst geben könne. Wir sind der Meinung, dass hier etwas komplett Dubioses abläuft. Auf alle Fragen, die wir nach dem Autoschaden oder nach dem Ort stellen, in dem wir uns befinden, erhalten wir ausweichende Antworten. Immer wieder heißt es: „Das tut nichts zur Sache." Schließlich bestehen wir darauf, dass uns sofort unser Auto wieder ausgehändigt werden möge, doch dieses ist bereits zur Hälfte demontiert. Alles, was wir sehen, ist ein zusammengeschmorter Klumpen, der am Boden vor sich hinqualmt. Ich bekomme ein unsäglich flaues Gefühl in der Magengrube, denn ich hege den Verdacht, dass wir für unlautere Machenschaften missbraucht werden. Dass wir in etwas hineingestrudelt werden sollen, womit wir gar nichts zu tun haben wollen. Dass rasch vollendete Tatsachen geschaffen werden sollen, damit es für uns kein Zurück mehr gibt. Und offensichtlich ist diese gemeine Gaunerei geglückt. Mich überkommt ein Gefühl der abgrundtiefen Verzweiflung, Ohnmacht und Hilflosigkeit. Ein schreckliches Erleben. Ich will doch einfach nur unser Auto wiederhaben und weiterfahren, um es bei der Werkstatt unseres Vertrauens abzugeben. Doch wir kommen aus dieser Nummer hier nicht mehr raus. Jetzt sind wir ausgeliefert und müssen in unserer Not das Auto kaufen, das uns angeboten wird.

16

Ich sitze allein in meinem Auto und navigiere teilweise durch sehr enge Passagen, verspüre aber zu keiner Zeit Angst, irgendwo anzustoßen. Das Fahrgefühl ist sicher, es gibt niemals eine Rückwärtsblindfahrt. Ich stürze nicht von einer Brücke und es passieren keine sonstigen Desaster oder Unglücke. Alles verläuft reibungslos und stressfrei. Heute Nacht bin ich ohne Gefahren gefahren.

17

Ich bin im Urlaub mit dem Auto unterwegs. Die Landschaft ist leicht hügelig. Heute habe ich den Tag ganz für mich allein und möchte nochmal an die idyllische Stelle fahren, wo man so schöne Fotos machen kann. Kurioserweise habe ich meine Kamera nicht mitgenommen. Obwohl Sonnenschein angesagt war, ist das Wetter durchwachsen. Ich lasse mich nicht stören und fahre einfach weiter. Ich durchquere einen Torbogen. Dahinter steht ein Auto, um dessen Kühlerhaube eine überdimensionierte Geschenkschleife gewickelt ist. Ich möchte den Besitzern zum neuen Auto gratulieren und betätige die Lichthupe. Leider geht das Licht nicht. Ich fahre in Richtung schöner Ausblick, doch da ich die Kamera nicht dabeihabe und das Wetter lausig ist, biege ich bereits auf halber Höhe rechts ab. Ich gelange in ein klitzekleines Dörfchen, das mir vage bekannt vorkommt. War ich hier tatsächlich schon oder habe ich diesen Ort in einem meiner Träume besucht? Gibt es da überhaupt einen Unterschied? Mein Erleben ist diffus, unwirklich und weit weg von mir. Ich folge der Straße, winke einem Dorfbewohner freundlich zu und bemerke überrascht, dass die Straße abrupt endet – von einem Meter auf den nächsten. Dahinter liegt ein grünes Feld. Ich denke mir, dass ich keinesfalls auf das Feld fahren will, doch da befinde ich mich bereits auf ihm. Sofort wende ich, um das Feld wieder zu verlassen, ohne unnötigen Schaden anzurichten. Ich wundere mich über den seltsamen Boden, der wie Kunstrasen aussieht. Ich denke: ‚Es kann unmöglich sein, dass auf einer derart riesigen Fläche Kunstrasen verlegt wurde. So viele Quadratmeter. Das kann doch keiner bezahlen.‘ Während ich mit einem sehr engen Radius wende, gleitet mir mehrfach das Auto weg. Ich slide wie in einem Computerspiel. Ich sehe mich außer Stande, das Auto wieder zurück zur Straße zu manövrieren. Ich stelle den Motor aus und klettere aus der Beifahrertür. Erstaunlich mühelos schiebe ich das Auto mit der Hand an der Tür zurück, wobei ich mir den Slide-Faktor zunutzemache. Dabei rollen die Räder nicht, sondern gleiten. Wo eben noch die Straße war, befindet sich jetzt ein Bauernhaus. Ich stutze und sage zu mir, dass ich dort unmöglich reinfahren kann. Also stelle ich das Auto direkt vor der Tür ab und taste mich vorsichtig in die Wohnung hinein. Offensichtlich stehe ich im Schlafzimmer: „Hallo, hallo, bitte nicht erschrecken, ich bin bei ihnen in der Wohnung!" Ein mittelalter Mann schlurft aus der Küche, wo seine Frau unbeeindruckt weiterarbeitet. Er schaut mich an und sagt freundlich: „Ach, hallo!" Ich entschuldige mich und erkläre, dass sich hier auf dem Hinweg noch eine Straße befunden hat. Der Mann hört mir leicht erstaunt zu und bleibt entspannt. Vorsichtshalber frage ich: „Hoffentlich bin ich vorhin nicht schonmal durch ihre Wohnung gefahren? Das wäre ausgesprochen unhöflich. Ich möchte mich dafür in aller Form entschuldigen." Ich krame in meinem Rucksack, finde dort neben einer Pralinenschachtel auch einen Baumkuchen, den ich sogleich an den Mann übergebe: „Hier, bitteschön, als symbolische Wiedergutmachung!" Der Mann erwidert: „Ach, das ist doch nicht nötig!" Ich frage mich, ob der Mann den Kuchen überhaupt verträgt. Vielleicht hat er Diabetes und muss streng auf seine Ernährung achten? Tatsächlich sagt nun der Mann: „Ne, ich kann das gar nicht essen, nehmen sie das mal wieder zurück." Ich überlege fieberhaft, denn ich will ihm irgendetwas Gutes dalassen. Da

löst sich die Szene allmählich auf und ich komme einfach nicht
mehr dazu, ein Entschuldigungsgeschenk dazulassen.

18

Wir sitzen zu viert im Auto und sind auf einer Autobahn unterwegs. Der Verkehr fließt sehr dicht und die Fahrspuren sind ver-
hältnismäßig schmal. Außerdem gibt es keinen Seitenstreifen und
neben der weißen Linie ist die Straße sofort zu Ende. Ich denke:
‚Mensch, das ist ja ziemlich eng. Wenn man hier ein bisschen zu
schnell fährt, dann fliegt man fix mal von der Straße runter.‘
Schließlich haben wir den dichten Verkehr hinter uns gelassen
und sind nun mutterseelenallein auf der Autobahn. Das Tempoli-
mit liegt bei 100, doch ich fahre sicherheitshalber nur 80, weil es
mir sonst zu riskant ist. Es tauchen absurd große Schlaglöcher auf,
die ich stets in die Mitte nehme, wodurch glücklicherweise nichts
passiert. Das Fahrerlebnis ist butterweich, alles fühlt sich geschmeidig an. Wir fahren in einen Kiefernwald ein. Die Autobahn
beschreibt eine sanft ansteigende Kurve und ich sehe mich nicht
mehr in der Lage, das Auto zu lenken. Schließlich heben wir in äs-
thetischem Bogen von der Autobahn ab und fliegen auf den Wald
zu. Ich denke bei mir: ‚Ach, verflixt, ich hab’s schon wieder nicht
geschafft zu lenken! So was Blödes jetzt aber auch.‘ Und während
wir vor uns hinschweben, denke ich: ‚Mensch, das ist gar nicht
übel. So kann’s zu Ende gehen. Wenn es jetzt einfach so eingefroren bliebe, das wäre doch was!‘ In meinem Kopf erscheint das Zi-
tat: „Verweile doch, du bist so schön.“ Ich lache befreit auf. Und
der Moment ist dann auch tatsächlich eingefroren. Es passiert
nichts weiter. Es kracht nicht, es scheppert nicht. Wir stehen einfach mit dem Auto in der Luft. Niemand schreit. Ich denke nur:
‚Meine Güte, wie wunderbar! Das wäre ein schönes Ende.‘

Das weiße Schiff

Reglos stehe ich am Rand der äußersten Eisscholle. Schon eine ganze Weile. Früher war ich begierig, das Gelände zu erkunden. Ich wollte wissen, was als nächstes kommt. Schließlich sah ich ein, dass sich alles nur wiederholt. Öde Ernüchterung und schmerzhafte Isolation. Alles ist tückisch-gleißendes Eis und weißer Schnee, der blendet. Unsicher wackelnde Schollen in endloser Abfolge.

Das Springen wurde mir zu mühselig. Die Angst vor dem qualvollen Verschwinden zwischen den Schollenrändern wurde zu mächtig. Zermalmt werden, erdrückt werden, untergehen. Meine Fähigkeit zum Durchleben setzte aus. Ich drängte alle Empfindungen zurück. Auf der äußersten Eisscholle richtete ich mich mit mir selbst ein. Mittlerweile stehe ich so fest, dass nichts mehr wackelt. Manchmal denke ich, dass ich auch die Scholle bin. Festgewachsen. Festgefroren.

Unablässig schweift mein Blick über das Meer. Hin und her und her und hin. Ich bin ein einsamer Leuchtturm. Zugegebenermaßen ein unvollständiger Leuchtturm, denn das Leuchten fehlt. Ich beobachte das Schiff, lasse es nicht aus den Augen. Es darf nicht wieder passieren. Meinen Kopf kann ich schon lange nicht mehr drehen, aber die Augen flitzen noch furchtsam von links nach rechts. Und umgekehrt. Das verfluchte Schiff kreuzt in gehörigem Sicherheitsabstand. Ab und zu rückt es näher, aber dann sende ich ihm einen Blick und es rückt wieder weg. Einmal konnte ich die Augen nicht mehr offenhalten, da ist es dauerhaft nähergekommen. Wie ein bedrohlicher Komet, der sich Orbit für Orbit an sein Ziel heranpirscht. Unnachgiebig. Unaufhaltsam. Der Gedanke an die unvermeidliche Kollision zermürbt mich. Könnte ich mich noch bewegen, würde ich diesen Gedankenplagegeist mit einer Fliegenklatsche erlegen. Patsch, patsch, patsch. Ruhe.

Einst war mein Schollenland ein fruchtbarer und lebendiger Küstenstreifen voller Farben, Düfte und Heiterkeit. Dann dampfte das unheilvolle Schiff wie das leibhaftige Verderben heran. Eine dunkle Silhouette vor einem düsteren Horizont. Ohne Vorwarnung entleerte das Höllenschiff seinen stinkenden Unrat. Eine schwarze Welle wälzte sich erbarmungslos heran, während ich schockstarr und mit offenem Mund zusehen musste. Die giftig brodelnde Flut traf meinen Strand wie die Faust einer Ölpest. Tiere und Pflanzen gingen mit einem leisen Seufzen darin unter. Alles, was blieb, war grauer Schlamm. Ich schrie stumm und weinte tränenlos. Nachdem es mehrfach vor meiner Küste gekreuzt war, zog das Schiff schließlich davon. Ein triumphales Tuten seines Nebelhorns war der Abschiedsgruß. Dann zog der Nebel heran, um mich und mein Land einzuhüllen.

Als sich der Nebel gelichtet hatte oder als ich gelernt hatte, im Nebel zu sehen – ich bin mir nicht sicher – wurde mir bewusst, dass sich mein Land verändert hatte. Es war zu einer instabilen Schollenwelt geworden. Am Ende aller meiner Bemühungen um einen Neuanfang wurde mir klar, dass es in meinem Leben nur noch eine Mission geben konnte: die Rückkehr des Schiffs mit allen Mitteln zu verhindern. Doch nun ist es wieder da. Und es rückt näher.

Inzwischen kann ich die Aufschrift auf seinem Rumpf entziffern. In ungelenken und grotesk in der Höhe verrutschten Buchstaben steht dort „UNHEIL".
Was? Immer wieder schaue ich hin und will etwas Neues sehen, aber der Text ändert sich nicht. Alle meine Ängste sehen sich bestätigt. Grobe schwarze Krakellinien, die eine Drohung verkünden. Ein grausiger Schriftzug. Wie die Warnung eines Todgeweihten, der seine letzten Zuckungen darauf verwendet hat. Ich komme mir so hilflos vor.

Ich raffe mich auf und gebe nochmal alles. Verbiete mir das Blinzeln, damit das Schiff nicht näherrücken kann. Lange halte ich durch und beglückwünsche mich zu meiner Zähigkeit, Disziplin und Beharrlichkeit. Könnte ich mich noch bewegen, würde ich mir jetzt auf die Schulter klopfen. Endlich hat mein Körper genug und schließt die Augen. Als ich sie wieder öffnen kann, erblicke ich den unheilvollen Rumpf direkt vor mir. Alles scheint vereist, so wie meine abgelegene Schollenwelt. Die Bugspitze bohrt sich in die knochenharte Schollenfront und bricht sie auf wie eine vertrocknete Eiswaffel. Es kracht und splittert.

Das knirschende Geräusch geht mir durch Mark und Bein. Ich verliere meinen Rest an Klarheit, dennoch ist mir seltsamerweise glasklar, dass ich jetzt sterben werde. Eigene Schuld. Ich war unachtsam, habe geschlafen – als ich hätte wach sein sollen und Wache halten sollen. Ein kurzes Aufwogen von Scham und Wut, dann der tröstliche Kapitulationsgedanke, dass ich im gnadenlosen Eiswasser innerhalb von Sekunden ertrinken werde. Wie war das nochmal: erfriert oder erstickt man zuerst? Das Schiff pflügt unverdrossen an mir vorbei. Mein Kopf denkt noch rasch, dass der entstehende Kanal etwas Reizvolles hat. Dann meldet sich ein anderer Gedanke und fragt an, ob ich jetzt total bekloppt bin, denn ...
Ich stürze vom bröckelnden Rand in die klirrende Kristallkälte. Der Schock ist allumfassend. Der Schock darüber, dass nicht das Erwartete eintritt.
Mein Herz bleibt stehen, die Zeit bleibt stehen. Ich sehe nun, dass ein Timer mitgelaufen war. Jetzt verweigern seine Zahlen das Weiterlaufen. Dann werden alle Zahlen auf Null zurückgesetzt. Dann läuft der Timer wieder an. Mein Herz schlägt erneut los, ruhig und taktvoll, denn ich genieße die wohlige Wärme des seidigen Wassers um mich herum. Ich wähne mich sicher und geborgen. Meine Gedanken haben sich verkrochen. Ich fühle.

Irgendwann bin ich satt von der gütigen Zuwendung des Wassers. Ich verspüre keinen Durst, obwohl ich keinen Schluck getrunken habe. Ich fühle Dankbarkeit, obwohl niemand da ist, dem ich danken könnte. Ich fühle eine Verbindung, obwohl niemand da ist, mit dem ich Kontakt aufnehmen könnte. Ich fühle Freude, obwohl niemand da ist, mit dem ich sie teilen könnte. Alles prickelt angenehm. Die Gedanken kehren zurück. Ich werde wohlwollend eingeladen, nochmal hinzuschauen. Dann begreife ich endlich: es ist jemand da. Meine Hand klatscht gegen die Stirn und ich lache. Spielerisch bespritze ich mich selbst mit Wasser. Ich tobe wie wild herum, werfe mich ungestüm umher wie ein Kind. Dann lache ich ausgiebig vor Erleichterung.

Später beobachte ich, wie das Schiff zurückkehrt. Es hat nun das gesamte Schollenfeld zerpflügt. Die letzten separaten Eisfragmente sind geschmolzen. Und haben sich im Wasser wiedervereint. Das Schiff kommt näher. Mir macht das erstaunlicherweise nichts mehr aus. Ich heiße es winkend willkommen. Täuschen mich meine Augen oder ist unter der Vereisung tatsächlich eine helle Farbe zum Vorschein gekommen? An der weißen Bordwand baumelt eine Strickleiter. Mein Blick gleitet an ihr hoch und ich traue meiner Wahrnehmung nicht. Die Eiskruste ist abgeplatzt und die grässliche Aufschrift ist verschwunden. Nein, das stimmt nicht, sie ist gar nicht verschwunden. Ich überlege, reibe mir die Augen und schaue nochmal genau hin. In sanft geschwungenen Lettern mit schöner zweizeiliger Anordnung steht dort nicht mehr „UNHEIL", sondern „UNVERHOFFTE HEILUNG".

Nachdem ich die Strickleiter erklommen habe, erkunde ich neugierig meine Umgebung. Ich bin gespannt auf all die Entdeckungen, die vor mir liegen. Mein Herz hüpft im Rhythmus der Vorfreude. Auf Deck finde ich ein loses Brett und eine Art Haken. Mühevoll, aber mit Hingabe ritze ich eine knappe Botschaft in das klamme Holz. Das Schiff nimmt bereits Fahrt auf. Flink werfe ich das Brett wie einen Abschiedsgruß über Bord. Es landet mit der Rückseite nach oben. Fast ärgere ich mich, dass ich nicht beide Seiten beschriftet habe. Dann lasse ich den Ärger los und beobachte einfach nur das, was ist. Die warmen blauen Wellen plätschern sanft. Plötzlich schießt eine kleine Fontäne in die Höhe und kippt das Brett gekonnt auf die andere Seite. Das Schiff ist flott unterwegs. Durch das Fernrohr kann ich mein kleines zweizeiliges Schild gerade noch lesen: „War vereist. Bin verreist.“

Die Boxerin

Auszüge aus einer Patientenakte,
Praxis von Armin V., Facharzt für Allgemeinmedizin

Frau B. suchte uns auf und lieferte diffuse Beschreibungen diverser Symptome, die sie in ihrer Gesamtheit als „Unbehagen" bezeichnete. Auffällig waren die Körpersprache (abwehrend?) und der stetig schweifende Blick. Aufgrund der geschilderten Beschwerden verschrieb ich die üblichen Präparate.

Sechs Monate später

Frau B. erschien sichtlich gestresst zu ihrem Vorsorgetermin. Bei den Messwerten ergaben sich keine besonderen Auffälligkeiten. Deutliche Anzeichen innerer Unruhe. Ein Blickkontakt scheint nach wie vor nicht herstellbar. Auf die Frage, ob sich Frau B. eine Rehamaßnahme (Psychosomatik) vorstellen könne, zeigte die Patientin eine überraschend starke Abwehr. Die Patientin reagiert ohne Nebenwirkungen auf die verschriebenen Präparate, allerdings auch ohne signifikanten Nutzen.

Ein Jahr später

Im Rahmen einer routinemäßigen Kontrolluntersuchung wurde Frau B. erneut bei uns vorstellig. Der Druck, unter dem die Patientin zu stehen scheint, hat sich offensichtlich weiter erhöht. Der Blick ist regelrecht unklar geworden, als ob sich Frau B. hinter einer dicken Glasscheibe befände (Mehrfachverglasung?). Die Patientin spricht davon, ihre Medikamente absetzen zu wollen, da deren Einnahme „keinen Sinn hat". Auf Wunsch der Patientin wird die medikamentöse Behandlung ausgeschlichen. Ein entsprechender Plan wurde besprochen, schriftlich fixiert und mitgegeben.

Drei Jahre später

Nach einer längeren Pause hat sich Frau B. erneut bei uns vorgestellt. Ihr Zustand ist als überaus angespannt einzustufen. Trotz des – im ganzen Raum spürbaren – intensiven Stresserlebens scheint sich bei der Patientin eine gewisse (desperate?) Klarheit eingestellt zu haben. Aus der unscharfen Sammelbezeichnung „Unbehagen" konnte Frau B. mittlerweile ein klares Hauptsymptom herausstellen: quälende Schmerzen an drei Stellen auf dem Nasenrücken. Eine von mir vorgenommene hausärztliche Untersuchung an Kopf und Nase ergab keinen Befund. Zwecks Abklärung überwies ich Frau B. an eine HNO-Kollegin.

Vier Monate später

Wir erhielten die Notiz, dass Frau B. von der HNO-Ärztin eine „Gesprächstherapie" empfohlen worden war und dass Frau B. sich um entsprechende Termine bemüht habe.

Fünf Jahre später

Unterhaltung zwischen Armin V. und Carola W.-H.
im Anschluss an einen Ärztekongress

„Mensch, Cordula, jetzt bin ich aber baff. Wir haben uns gefühlt seit dem Physikum nicht mehr gesehen!"
„Ja, da schau her, der Armin! Dein Gesichtsgedächtnis ist in der Tat phänomenal. Carola heiße ich übrigens."
„Mea culpa, meine Liebe! Was treibt dich her, bist du etwa der Allgemeinmedizin treu geblieben?"
„Nein, um Himmels willen, unter Psychotherapie mache ich's nicht. Die Königin gehört in die Königsdisziplin. Beim Kongress bin ich nur wegen der Cocktails ... und meinem Göttergatten zu Liebe. Schau ihn dir an, da hinten am Häppchentisch. Ich nenne

ihn auch meinen Götterspeisegatten. Mit dem Bauch würde er heute als Jungarzt und Sumoringer eine brachiale Doppelkarriere hinlegen. Imposant, oder? Was sagst du, Armin? Du warst doch auch nie ein Kostverächter."

„Ja, sehr lustig. Den Armin, den du mal kanntest, gibt's schon lange nicht mehr. Ich bin das Aushängeschild des braven Familienvaters. Unsere Solidität im Familienverbund zieht sich wie ein roter Faden durch die Generationen."

„Du meinst sicher wie ein rotes Tuch, mein Bester, gell? Wir wissen doch: unter jedem Dach ein Ach. Na, passt schon. Sei bloß froh, dass du in deiner entspannten Hausarztszene versackt bist. Wenn du wüsstest, was wir bei uns tagtäglich an Psychos serviert bekommen! Da kennst du dich nicht mehr aus. Aluhüte und implantierte Teufelshörnchen sind schon lange Mainstream, die winken wir im Halbschlaf durch. Aber du, ich habe da einen Fall, das muss ich dir erzählen. Eine Frau war jahrelang bei mir. Die hatte bereits eine ellenlange Krankheitsgeschichte angesammelt: verschiedenste Fachärzte, mehrere Tageskliniken, zwei Rehamaßnahmen, ambulante Einzel- und Gruppentherapie, eine fast komplette Sammlung mit Cluster B-Diagnosen und und und. Immer auf dem Sprung und scheu wie ein Reh. Das einzige, was sie mir als konkretes Symptom schildern konnte, waren – jetzt halt dich fest! – Schmerzen auf dem Nasenrücken. Ich dachte, die will mich veralbern. Ein extravagantes Symptom. Klarer Fall: da wollte sich jemand interessant machen. In der Intervisionsgruppe haben wir sie immer nur „die Boxerin" genannt. Hinter vorgehaltener Hand, versteht sich. Die Gruppenleiterin hat sowas gar nicht gern gehört."

„Und wie geht's der Frau B.?"

„Frau B.? Verstehe, du meinst B wie Boxerin? Armin, du bist mir vielleicht ein Schlawiner. Woher soll ich das wissen, die ist schon weitergezogen, wahrscheinlich zum nächsten Ring. Haha, zum nächsten Ring. Witzig, oder? Ich hätte doch Komikerin werden sollen: die Königin der Komiker. Aber jetzt, wo du fragst: der Frau ging's zum Schluss tatsächlich viel besser, obwohl wir in der

Therapie überhaupt nicht vorangekommen sind. Augenkontakt? Konntest du vergessen, war nie herzustellen. Mühselig, sage ich dir. Doch irgendwie schien sie eine Art von Erleichterung gefunden zu haben. Kann mir überhaupt nicht vorstellen, warum die mir nichts darüber erzählt hat. Manche Leute sind aber auch so chronisch misstrauisch. Denen ist einfach nicht zu helfen!"

„Ah. Spannend. Ich danke dir. Ja, war schön, mit dir zu sprechen, Corinna. Wünsche dir noch eine innige Zeit mit deinem Mann."

„Was denn, Armin, du willst schon weg? Wir haben doch gerade erst zwei Cocktails weggezischt. Aufwärmphase für unsere gute alte alkoholresistente Arminosäure! Komm, sei kein Feiergreis."

„Doch, doch, ich werde die Segel streichen, fühle mich plötzlich ein bisschen unbehaglich. Mmm, von den Schnittchen scheint es nicht zu kommen. Oh, das fühlt sich wirklich nicht gut an."

Etwa zeitgleich

Aus dem Tagebuch von Frau B.

Ich fühle tiefe Dankbarkeit. Trotz aller Irrungen und Wirrungen – oder gerade aufgrund meiner Odyssee – habe ich endlich eine Lösung für mich gefunden. Eine Lösung, mit der ich leben kann. Wenn ich überlege, wie vor nicht allzu langer Zeit immer wieder die Verzweiflung an mir hochgekrochen ist. So oft hatte ich die Befürchtung, erneut in den schwarzen Schlund der Traurigkeit zurückzurutschen. Wie froh ich bin, nie aufgegeben und immer weitergemacht zu haben, immer wieder aufgestanden und weitergegangen zu sein.

Ich fühle Verbundenheit. Nie hätte ich mir träumen lassen, so etwas fühlen zu können. So etwas aufzuschreiben! Ich fühle mich verbunden – und sitze hier allein. Früher war ich nicht in der Lage, irgendjemandem in die Augen zu schauen. Allein bei dem Gedanken ist mein gesamter Körper ins Zittern geraten. Und ich hatte keine Erklärung für mein Zittern. Lange konnte ich nicht einmal erkennen, dass ich Angst habe. Wie kann ein Mensch nicht fühlen, dass er Angst hat? Wie weit muss man dazu von sich selbst weg sein?

Ich spüre Erleichterung. Zum Glück konnte ich das Schlimmste loslassen. Die erste Brille war die hartnäckigste Brille. Und die schwerste. Ich habe immer wieder nachgeschaut, ob sich eine Rille auf dem Nasenrücken befindet. Doch da war nichts zu sehen. Da ist nichts zu sehen. Das ist so tückisch: man kann die Brille nicht sehen. Man begeht immer wieder dieselben Fehler, weil man die Brille nicht sehen kann. Die fremde Brille. Die man sich aufgesetzt hat. Durch die fremde Brille sehen die Fehler gar nicht aus wie Fehler. Erst wenn die Brille runter ist, werden die Fehler offensichtlich. Wie konnte man nur? Es war der blanke Wahnsinn. Nicht durch die Brille, da war es kein Wahnsinn. Da war es schlüssig und plausibel, eine Wiederholung alter Muster schien angemessen und verlockend. Aber ohne die Brille, da kommt es einem vor wie Irrsinn. Wäre ich nicht immer weiter mutig auf mich selbst zugegangen, wäre ich die Brille nie losgeworden.

Ich spüre Erheiterung. Der Aha-Moment, als ich realisierte, dass es eine zweite Brille geben musste, triggerte meinen Galgenhumor, meine Neugier und meine Kampfeslust. Ich durfte mich bewähren. Ich durfte nochmal loslassen. Anderthalb Jahre nach der ersten Brille rutschte mir die zweite von der Nase. Ich bin unbeirrbar über das hinausgegangen, was ich zu sein glaubte. Mit der Pointe, die ich erleben durfte, hätte ich nicht gerechnet. Das war ein überraschender Perspektivwechsel, der alles vorherige auf den Kopf stellte. Und wenn ich jetzt auf meinen Beinen stehe, dann muss ich logischerweise vorher auf dem Kopf gestanden haben.

Ich spüre Schmerzen. Die Beschwerden an der Nase sind erträglicher geworden, aber noch nicht verschwunden. Ich meine, ich werde eingeladen, meinen Weg weiterzugehen.

Ich fühle Freude. Mein Kopf denkt, dass es Vorfreude ist. Ich werde auch die dritte Brille loslassen. Doch jetzt möchte ich mit besonderer Umsicht vorgehen, denn diesmal ist es meine eigene Brille. Ich möchte bewusst dabei zusehen, wie sie sich löst. Ich glaube, ich habe inzwischen eine Art Brillenroutine entwickelt. Nachdem sich die ersten beiden Brillen aufgelöst hatten, konnte ich erstmalig meinen ganz eigenen verzerrten Blick auf die Welt erleben. Das war ein beeindruckender Moment. Ich durfte meinen ganz persönlichen Filter kennenlernen. Bei meinen täglichen Verrichtungen fällt mir immer krasser auf, wie viele fremde Wahrnehmungen und Empfindungen ich mir einst aufgezwungen, übergeholfen, übergestülpt hatte. Ich bin jetzt teilweise völlig unbelastet. Die Angst, die Wut, die Scham, die Schuld – das war oft überhaupt nicht meins. Filme aus einer fremden Sammlung, Dias aus einem fremden Projektor. Ich hatte fremde Baustellen beackert, dabei ist meine eigene Baustelle groß genug. Ich hatte fremde Kriege und Schlachtfelder gesehen, während ich nur Frieden und Liebe wollte. Zum Frieden will ich weiter vordringen. Und ich möchte herausfinden, was Liebe tatsächlich ist und bedeutet.

Ich fühle Entspannung. Voller Zuversicht werde ich Schritt für Schritt und Tag für Tag die Reise des Lebens wahrnehmen. Wenn man die Sprache der Schmerzen einmal verstanden hat, kann man sie als Kommunikationsversuche deuten. Die Zeiten der Quälerei und Trostlosigkeit sind vorbei. Ich spüre ein angenehmes Prickeln, das sich am Hinterkopf ausbreitet.

Ich fühle Rührung. Alles, was ich erleben durfte, hat mich weitergebracht. Nach all den vielen Wellen von Drama und Negativität, die durch mich gerollt sind, kann ich jetzt praktisch keinen Groll mehr fühlen. Keine Wut wegen der kuriosen Diagnosen, die mich von mir weggetrieben und entfremdet haben. Keine Kränkung wegen der herablassenden Spitznamen, die mir gegeben wurden. In einer offen daliegenden Patientenakte, die ich wahrscheinlich nicht hätte lesen dürfen, entdeckte ich den Begriff „die Boxerin".

Das sprach mich sofort an. Das gab mir Kraft und Vertrauen in meine Stärke. Ich war ein Wrack, aber ich habe nie die Segel gestrichen. In einem alten Tagebucheintrag habe ich mich mal gefragt, ob das ein Filter vor meinen Augen sein könnte, der mir etwas Wesentliches vorenthält oder vorgaukelt. Wenn ich damals geahnt hätte, dass ich die ganze Zeit unbewusst durch eine Mehrfachverglasung blicke.

Mein Kopf denkt, dass ich eine lausige Boxerin bin, denn ich habe die ganze Zeit nicht ein einziges Mal zugeschlagen. Aber die Beinarbeit, die war ganz ordentlich.

Zwei Jahre später

Aus den persönlichen Notizen von Armin V.

17. Januar
Auf dem Kongress vor zwei Jahren muss etwas ausgelöst worden sein. Seitdem stockt es, seitdem ist Sand im Getriebe. In der Ehe. In der Familie. Mit den Kindern. Mit den Eltern und Schwiegereltern. Ein Skiunfall mit Knieschaden und ein Autounfall mit Totalschaden. Es häuft sich. Wo bin ich nur mit meinen Gedanken? Wohin ist meine Leistungsfähigkeit? Meine Frau beklagt sich zu Recht. Es scheint fast so, als ob Willenskraft eine begrenzte Ressource sei. Ist das überhaupt wissenschaftlich nachweisbar? Ist das messbar?
Der Fall von Frau B. geht mir nicht aus dem Kopf. Was für ein Zufall, dass Carina mit ihr ebenfalls Kontakt hatte. Die Königin und die Boxerin. Nicht lustig. Frau B. mit ihren Nasenschmerzen. Sie hat eine regelrechte Odyssee hinter sich. Was berührt mich daran?

6. Mai
Ein Regressverfahren, das hat mir gerade noch gefehlt. Weiß nicht, wie lange ich noch gegenhalten kann. Meine Frau sieht sich bereits anderweitig um, ich spüre das genau. Meine Solidität im

Familienverbund ist wohl doch nicht genug. Als ich noch einwand-
frei funktionieren konnte, wirkte alles unter Kontrolle, nun scheinen die Einzelteile auseinanderzugleiten.
Meine Gedanken kreisen immer wieder um Frau B. Das ist gefährlich, denn damit steigt mein diffuses Unbehagen. Es bringt mir
kaum Linderung, darauf die üblichen Präparate anzusetzen.

22. September

Wäre es nicht so peinigend, würde ich darüber schmunzeln: Ich
habe plötzlich quälende Schmerzen auf dem Nasenrücken bekommen. Bin ich im falschen Film? Habe heute außerdem zähneknir-
schend eine empfindliche Summe überwiesen. Für Stellungnah-
men und gerichtliche Auseinandersetzungen fehlt mir der Atem,
fehlt mir die Kraft, fehlen mir die Nerven.
Habe allen Ernstes überlegt, die Telefonnummer von Frau B. an-
zurufen. Die Patientenakte liegt vor mir. Meine Finger trommeln
unsicher auf die Tischplatte. Mein ganzer Körper vibriert vor An-
spannung.

8. Dezember

Die ungemütlichste Vorweihnachtszeit, die ich jemals erlebt habe.
Eine Eiseskälte weht durch unser Haus und meine Frau ist die
Schneekönigin. Wenn ich doch nur meine Fehler sehen könnte.
Wo habe ich versagt? Was kann ich besser machen? Mein Nasen-
rücken schmerzt unerträglich.

10. Dezember

Ich habe Frau B. eine Nachricht auf die Mailbox gesprochen. Die
Ansagestimme wirkte verblüffend gelassen und entspannt. Kann
das wirklich die Stimme der Frau B. gewesen sein?

14. Dezember

Eine SMS von Frau B. Wir haben uns für Mittwoch in einem kleinen ruhigen Café verabredet. Zum ersten Mal in diesem Jahr spüre
ich einen Anflug von Erleichterung. In mir keimt ein

Hoffnungsfunke auf, während ich äußerst behutsam meinen Nasenrücken massiere.

Sterne sehen

4 Sterne – Sabi Ne – vor 14 Jahren

Seltsam gut. Sahne Qualität, die Fotos, ohne Frage. Bin dennoch am schwanken, ob ich da wieder hingehe. Fühlt sich einfach strange an.

5 Sterne – Horst Kretzlaff – vor 14 Jahren

Seriös und ruhig. Dieser Fotograf leistet grundsolide Arbeit. Unspektakulär, aber treffsicher. Brillante Bilder mit Tiefenwirkung. Klare Empfehlung!

4 Sterne – Robyn Huth – vor 13 Jahren

Bin zufrieden. Die Ergebnisse können sich sehen lassen! Die Bilder hängen schon bei uns im Wohnzimmer. (Doch beim Fototermin im Studio war irgendwas komisch-mulmig. Als ob ich etwas Wichtiges übersehen hätte.)

1 Stern – Frau Prof. Dr. med. Daphne Riegelhüfner-Schnökenberg – vor 13 Jahren

Eine einzige Unverschämtheit und Provokation, die zum Himmel schreit! Der Blick von diesem Herrn Fotografen, der will einen regelrecht ausziehen. Schamlos. Man kommt sich vor wie vor einem Röntgengerät. Ich sage Ihnen, wenn ich mich röntgen lassen will, kann ich das auch in meiner eigenen Praxis tun, da stehen teure Apparate, da habe ich keine Mühen und Kosten gescheut. Also, diese aufgesetzte Ruhe und diese anmaßende Augenhöhe, das ist schon eine Zumutung für eine Person von meinem Stand. Dreist, wie man mich vor der Kamera entblößen wollte. Solch demütigende Perfidie lasse ich mir nicht gefallen. Lichtbildnerische Niedertracht, pfui! Werde den Fall an meinen Anwalt übergeben.

5 Sterne – Herr Prof. Dr. Dr. Xaver Riegelhüfner – vor 13 Jahren

À la bonne heure! Ich ziehe meinen Hut vor diesem Meister seines Faches. War selbst nicht vor Ort, allerdings sind die Aufnahmen, die von meiner Gattin Daphne angefertigt wurden, an Eleganz, Anmut und Wahrhaftigkeit nicht zu überbieten. Erstaunlich, wie ihr einzigartiger Ausdruck derart authentisch und ästhetisch festgehalten wurde. Da hat es jemand vermocht, meine ganz private Herzenssicht auf meine entzückende Frau in Form von Fotoportraits darzustellen. Ein wahrer Künstler vor dem Herrn – und ein tiefer Kenner des menschlichen Wesens!

5 Sterne – RA Niederlechner – vor 12 Jahren

Ohne den Fotografen persönlich zu kennen, zolle ich ihm meinen Respekt und hinterlasse hier die Höchstbewertung. Ausgezeichnete Arbeit, die keinen Betrachter unbeeindruckt lassen kann! Eine meiner Mandantinnen wollte eine Klage gegen diesen Fotografen anstrengen, wovon ich ihr tunlichst abgeraten habe. Stattdessen werde ich dort demnächst meiner Frau einen Satz Porträts zum Geburtstag schenken.

2 Sterne – Super Alpha Sucess Agency – vor 10 Jahren

Sturer Fotograf, wollte nur in seinem Studio shooten aber nicht on location. Wir brauchen unbedingt On Location, er wollte nur Studio. Aber mega cooler Blick in den Augen, man sollte mal mit ihm als Model ein Shooting machen!! Also für jedes coole Auge von ihm ein Stern dagelassen!! - - Super Alpha Succes Agency, we rulez

5 Sterne – Phranzy – vor 10 Jahren

Einzigartiger Fotograf, der einzigartige Aufnahmen macht! Hier fühle ich mich auf einer so tiefen Ebene meiner Persönlichkeit gesehen, dass es mir zuverlässig den Atem verschlägt. Ich bin regelmäßig hier und immer wieder menschlich und fotografisch begeistert. Verstehe gar nicht, warum dieser tolle Typ so übersehen wird. Absolutli underrated. <3 <3 <3

3 Sterne – K aus B bei M – vor 8 Jahren

Saustarke Bilder, beste Fotos ever! So geil. Aber- der Photograf kuckt die ganze Zeit komisch. Deswegen 2 Sterne Abtzug. Sonst TOP.

5 Sterne – Mira Miau – vor 7 Jahren

Herzensguter Mann. Beim Fototermin mit ihm hatte ich das Gefühl, nach Hause zu kommen. Es war so friedlich. Mir kamen regelrecht die Tränen.

1 Stern – ***!!!LORD OBERLORD!!!*** – vor 6 Jahren

SKANDAL!!! habe gerade im Internet entdeckt, daß der Knallkopp Fotos von Leuten gemacht hat, die ich nicht mag. Bin brutal gekränkt. FRAGE??? wie konnte der mir das antun??? SCHWEINEREI!!! daß man hier nicht 0 Sterne vergeben kann. Finger weg von diesem S-C-H-Ä-N-D-E-R!!!

5 Sterne – Daggy & Tobbi – vor 6 Jahren

Waren hier zum Paarshooting. Anfangs fühlte es sich ein bissel ungewohnt an, aber dann ging etwas ganz Besonderes los. Herzklopfen wie beim ersten Kuss! Wir waren begeistert und haben uns gleich nochmal neu verliebt. Schade, dass man zu ihm nur ins Studio kommen kann, sonst hätten wir unseren perfekten Hochzeitsfotografen gefunden. Lieber Fotograf, alles Gute wünschen dir Daggy & Tobbi!

1 Stern – Bernadette und Heinz-Jochen Käsig – vor 6 Jahren

Da hat aber jemand eine ganz hohe Meinung von sich! Beruft sich auf sein Angebot und räumt beim Nachverhandeln keine Rabatte ein. So ein kurzsichtiger Knauser. Es dürfte wohl keinen wundern, dass wir unsere Bilder bei so einem Geizkragen gar nicht erst bezahlt haben. Wer dermaßen geldgierig auftritt, hat keine Zahlung verdient. Einen Stern vergeben wir für die ausgezeichneten Fotos. So viel Anstand muss sein.

5 Sterne – Klasse 7e der JWvG-Schule – vor 5 Jahren

Ehrenmann. Er hat unsere Klasse kostenlos mit einem superlustigen Gruppenfoto für die Schulgalerie unterstützt. Unsere Klassenlehrerin Frau Schuster war zu Tränen gerührt (sonst ist sie immer sehr streng). Danke, lieber Fotomann, immer gutes Licht und klare Sicht wünscht dir deine 7e!

1 Stern – Grumpy Nachbar – vor 4 Jahren

Hockt den ganzen Tag in seiner verpupsten und vermieften Fotobude, nimmt aber nur ungern meine Pakete an und weiß dann meist nicht, wo sie abgelegt wurden. Hat der vielleicht Tomaten auf den Augen? Asoziale Arschkrampe. Der Objektivpilz soll ihm seine Sensoren zerfressen.

4 Sterne – Jonas ThE moNas – vor 1 Jahr

hey leutz.. hier ne rezession von jonas.. zu foto-studio.. alter weißer cis-mann, der halt random Fotos macht.. ja, klar, ne.. ist aber i-wie schon mies korrekt.. der Dude (wollte 5 sterns geben.. hab mich aber verklickt und kann jez nicht mehr ändern.. gottloses bewertungs-portal]

4 Sterne – Nack Tschorris – vor 8 Monaten

Creepy! So irre-irre-irre Fotos! Aber der Fotograf wirkt wie ein Psycho. Der Mann hat es drauf, aber man muss sich trauen, es mit ihm auszuhalten. Dieser Blick ist intensiv. Dieser Blick sieht dich. Sieht direkt in dich hinein. Eine Grenzerfahrung. Ganz sicher nicht für jedermann, deswegen sicherheitshalber lieber nur 4 Sterne.

2 Sterne – Die Digidokunauten – vor 5 Monaten

Unser Unternehmen wandte sich an diesen Fotodienstleister, um umfangreiche Akten und Dossiers effizient digitalisieren zu lassen. Bedauerlicherweise bestand beim potenziellen Auftragnehmer keinerlei Entgegenkommen hinsichtlich der Auftragsübernahme. Sein Produktportfolio ist ausschließlich auf Porträts beschränkt – ohne jegliche Kompromissbereitschaft, ohne die erwartete Flexibilität. Aus unserer Sicht höchst beanstandenswert. Wir konnten immerhin zwei Businessfotos für unsere Website erstellen lassen. Spitzenqualität! Dafür 2 Sterne.

5 Sterne – ninanu – vor 2 Wochen

Zauberhaft. Wunderbar. Herzerwärmend. Schaue mir seit Tagen immer wieder meine Porträtfotos an und komme aus dem Staunen nicht mehr heraus. Als ob ich jeden Tag etwas Neues an mir

entdecken würde. Und ich dachte, ich würde mich kennen! Gehe
sehr ungern zu Fotografen, aber hier habe ich mich sofort aufgehoben und sicher gefühlt. Ich weiß ja nicht, wie es den anderen Leuten geht, aber mich persönlich hat es Null gestört, dass der Mann
blind ist.

Am Ende vom Teich

Am Schnittpunkt zwischen hier und da, fern und nah, hin und her, kreuz und quer liegt ein Teich. Ein winziger silbriger Klecks in der Landschaft. Hinter Baumreihen und Sträuchern hat er sich geschickt versteckt. Nur die Vögel, die am Himmel vorüberziehen, werfen gelegentlich einen verstohlenen Blick auf ihn. Ahnen sie, dass der Teich nicht gesehen werden will?

Der Teich schämt sich. Eine Eidechse hat es herausgefunden. In der Abendsonne hat sie arglos die Teichwellen belauscht, als diese unvorsichtig Geheimnisse ausplauderten. Die kräuselnden Wellen wisperten von einer Vergiftung, die sich der Teich zugefügt habe. Aus eigenen Stücken. Es sei ein Pakt mit dem Teufel gewesen. Aus Furcht davor, als Teich ausgelöscht zu werden. Die Eidechse erfuhr noch von Schuldgefühlen. Dann zischte sie flink davon.

Der Teich hält sich vor der Welt verborgen. Er hat Angst, anderes Wasser mit sich zu vergiften. Es scheint ihm sozial, den Kontakt zu vermeiden. In seinen Tiefen hat er eine Giftblase eingelagert, die niemals bersten darf. Ansonsten geschieht das unbeschreibliche Unglück. Davon ist der Teich unerschütterlich überzeugt.

Manchmal grollt der Teich. Dann brodelt es auf seiner Oberfläche wie in einem Wasserkocher. Rasch zwingt sich der Teich wieder zur Ruhe, denn er fürchtet, dass die Giftblase platzt und alles zerstört, was er über viele Jahre so beharrlich und diszipliniert vor sich behütet hat.

Der Teich will niemandem Schaden zufügen. Dieser Gedanke macht ihn seltsam wütend. Dann wogt er aufgebracht. Dabei öffnen und schließen sich die Seerosen wie ein zartes Ballett.

Immer wieder beschleicht den Teich der Verdacht, dass er etwas verpasst, dass etwas an ihm vorbeiläuft. In diesen Augenblicken würde er gern wie ein wildes Pferd davonpreschen, doch die schamvolle Erinnerung an die Giftblase hält seine Zügel im Zaum.

Über die Jahre hinweg hat der Teich seine Begrenzungen verfestigt, um seiner Umgebung nicht zu schaden. Mit Schaudern stellt er sich vor, was geschehen könnte, wenn ein Sturm sein Wasser über die Ufer peitschen würde.

Der Teich hat ein weiches Herz, doch seine Teichwände müssen hart sein, damit nichts von der Giftbrühe nach außen dringen kann. Unablässig sucht der Teich nach dem kleinsten Leck, das noch abgedichtet werden muss. Die Arbeiten schreiten gut voran. Der Teich schont sich nicht. Bereits im nächsten Frühjahr wird alles vor ihm sicher sein. Unter Aufbietung aller Ressourcen gelingt das Vorhaben und der Teich ist bodentief erschöpft, aber erleichtert.

Der Sommer kommt und die heißen Sonnenstrahlen haben keine Mühe, den Teich in seinem Versteck ausfindig zu machen. Zuerst kitzeln sie, dann brutzeln sie. Der Teich beginnt zu schrumpfen. In ihm keimt eine ungute Vorahnung auf. Hat er vielleicht einen Fehler gemacht? Sein Pegel sinkt weiter. Das Leben schwindet aus dem Teich. Eines Tages sterben mit einem erschrockenen Seufzen die Seerosen. Kurz darauf treiben tote Wasserläufer an der Oberfläche. Der Teich fragt sich, ob die Giftblase aufgegangen ist, doch er kann es nicht spüren. Er kann fast gar nichts mehr spüren. Vor lauter Beharrlichkeit, Disziplin und Härte ist er ganz schwach geworden.

Während ihm die Kräfte schwinden, kreiselt vor ihm alles wie ein wilder Wirbel. Er weiß nicht mehr, ob der Teichboden oben oder unten ist. Es kommt ihm vor, als ob die restlichen Liter Wasser in ihre Einzelteile zerfallen und zerfasern würden. Mit ungewöhnlich klarem Blick sieht er sein letztes Nass. Es ist sanftes und weiches Wasser, da gibt es nichts Hartes. Es ist reines und wunderbares Wasser, da gibt es nichts Giftiges. Wohin ist die Giftblase verschwunden? Sie kann sich doch nicht in Luft aufgelöst haben?

Kurz bevor die Sonnenstrahlen meine letzten Tropfen verdampfen, habe ich das Gefühl, als ob mir ein Stecker gezogen würde. Der Stecker ist ein Stopfen, ein Stöpsel. Im harten Teichgrund löst sich schließlich eine Barriere. Plötzlich geraten die Dinge in Fluss. Mir kommt zu Bewusstsein, dass ich kein einzelnes Gewässer bin. Nie gewesen bin. Nie gewesen sein kann. Flüssigkeit strömt ein. Ich fühle das frische Quellwasser des Lebens. Ich werde erfüllt, ich werde angehoben und trete schließlich über meine Uferbegrenzungen. Ich überschreite eine magische Linie. Ohne Angst, ohne Furcht, ohne Schrecken. Schon nach wenigen Metern treffe ich auf einen Bewässerungsgraben. Ich koste jede Welle der Begegnung aus. Ich höre mild gemurmelte Worte: „Wo bist du gewesen? Wo hast du nur so lange gesteckt? Wir haben dich vermisst." Gemeinsam fließen wir in einen Bach und sprudeln schäumend durch grüne Wälder. Waghalsig und quicklebendig stürzen wir uns einen felsigen Wasserfall hinab und strömen glücklich in einen Fluss, der uns bis zum Meer trägt. Wir münden ins Meer. Ich begreife, dass wir das alle sind. Meine Tränen gehen in uns auf, während ich mich auflöse und daran erinnere, was ich wirklich bin.

Am Ende vom Teich steht „ich".
Ohne Ende wird alles gut.

Das Gedicht vom Einzelwicht

Er gehört zu keiner Gruppe,
kocht sich seine eigene Suppe.
Einzelsuppe, die ist lecker.
Kollektiv heißt nur Gemecker.
Und Konflikte mag er nicht.
Bleibt er lieber Einzelwicht.
Doch die Suppe, die muss schmecken,
sonst tut Einzelwicht verrecken.
Drum blockiere nicht sein Streben.
Nimm's wie's ist – und lass ihn leben!

Fässer

Im Raum mit den vielen Fässern
gelingt es mir immer besser,
einen Bogen um die Exemplare
mit einem Giftsymbol zu machen.

Früher habe ich das Giftsymbol
überhaupt nicht gesehen.
Dann habe ich es zwar gesehen,
aber nicht als Warnhinweis verstanden.

Nun habe ich keine toxische Neugier mehr.
Es ist mir egal, welches Gift
sich in den gefährlichen Fässern befindet.

Ich kann das Giftfass nicht retten,
indem ich mich als Verdünnung hineinwerfe.
Aber ich kann mit den anderen Fässern
eine herzliche und verbindende Zeit verbringen.

Und wenn ich's mir recht überlege,
genügt das, um mein Leben zu erfüllen.

Ich kann das
Giftfass
nicht retten,
indem ich mich
als Verdünnung
hineinwerfe.

Unbekannt vermisst

Unser Sohn fragt mich:
„Wenn es keine Tiere gäbe
und wir das nicht wüssten,
würden wir sie dann vermissen?"

Ich bin perplex und antworte dann spontan:
„Mir fällt nur eine Sache ein,
die wir selbst dann vermissen,
wenn wir sie unser ganzes Leben noch nie
erlebt, erfahren oder bekommen haben:
Liebe."

Mein Land

Es gab eine Zeit,
als ich überhaupt nicht ahnte,
dass ein Weg existiert.
Es war ein verzweifeltes Herumirren.
Ein orientierungsloses Herumpaddeln
auf einem brüchigen Floß mitten im Ozean.

Dann kam eine Zeit, in der ich mich
auf der schwachen Vorahnung eines Weges
vorangeschleppt habe.

Ich war mir nicht sicher,
ob es sich um eine optische Täuschung handelte.
Ich wusste nicht,
ob ich einem Trugbild hinterherkroch.

Schließlich fand ich einen Trampelpfad,
der immer breiter und sicherer wurde.
Ich achtete sorgfältig darauf,
meine Schritte korrekt zu setzen
und nicht vom Weg abzukommen.

Mittlerweile habe ich den Eindruck,
dass es völlig egal ist,
in welche Richtung ich gehe.
Jeder Schritt ist ein richtiger Schritt.

Aus dem Weg ist ein Land geworden, mein Land.
Ich entdecke es jetzt.

Tattoo

Wäre ich ein Lehrer,
würde ich mir vier Zeilen
übers Herz tätowieren lassen:

unterrichten ohne richten
lehren ohne belehren
ermutigen statt demütigen
verbinden statt teilen

Das Feld

Eines Tages schlug der Blitz im Feld ein. Alles brannte ab. Der Bauer stand sprach-, reg- und fassungslos daneben. Schon viele brenzlige Situationen hatte es gegeben, doch mit Einfallsreichtum, Einsatz und Elan hatte der Bauer sein akkurates Feld immer wieder gerettet und aufgerichtet. Diesmal waren alle Tricks und Kniffe vergebens. Keine althergebrachte Bauernregel konnte das Unheil verhindern.

Der Schock wirkte eine Weile. Schließlich rappelte sich der Bauer auf. Er taumelte zum Hof, um die Notreserve zu holen. Er spuckte in die Hände und richtete sich an dem Gedanken auf, jetzt nochmal alles zu zeigen. Doch die Saat ging nicht auf. Das Feld schien wie verflucht. Jeder neuerliche Versuch, etwas anzubauen, schlug fehl.

Nun waren sämtliche Bestände aufgebraucht. Der Bauer war mit seiner Kraft und seiner Weisheit am Ende. Alle althergebrachten Bauernregeln hatten ihre Wirkung verloren. Dem Bauer fiel nichts mehr ein, als sich auf das Feld fallen zu lassen.

Nach einer Ewigkeit öffnete er wieder die Augen. Direkt vor seiner Nase reckten sich zarte Hälmchen aus der Erde, die er noch nie gesehen hatte. Aber sie sahen schön aus. Und rochen gut. Und fühlten sich richtig an.

Neugierig beobachtete er, wie das Feld aus sich selbst heraus erblühte. Zwar wild und bunt und ungestüm, aber faszinierend einzigartig. In diesem Moment beschloss er, von nun an ganz anders an die Dinge heranzugehen. Er vertraute. Es war nicht immer einfach, aber es wurde gut. Und es fühlte sich richtig an.

Der Bauer sitzt da, betrachtet liebevoll sein Feld und blinzelt versonnen in die Ferne. Er denkt sich neue Bauernregeln aus:

Manchmal läutet Unheil die Heilung ein.

Bisweilen meinst du, etwas retten zu müssen,
dessen Untergang deine Rettung wäre.

Baue nichts von außen an,
sondern lass gedeihen,
was von innen kommt.

Ein Dialog mit dem Leben

Ich führe einen Dialog mit dem Leben.
Es antwortet mir nicht mit Worten,
sondern mit Ereignissen.

Wenn ich mich in Schockstarre befinde,
kann es keinen Dialog geben
und das Leben kommt für mich zum Stillstand.

Bin ich in der Lage, den Dialog wieder aufzunehmen,
zeigt mir das Leben im Außen,
was im Innen noch ungelöst ist.

Groß sein

Das pompöse Getöse verleiht keine Größe.
Mach dich nicht groß.
Sei groß.

Das pompöse
Getöse
verleiht keine
Größe.
Mach dich
nicht groß.
Sei groß.

Welches W?

Woran erkenne ich,
ob ich unterwegs bin
oder davonlaufe?
Reisende schreiben Weg groß.

Woran
erkenne ich,
ob ich unterwegs bin
oder davonlaufe?

Reisende schreiben
Weg groß.

Die einzige Bedingung

Die Botschaft, dass Liebe an Bedingungen geknüpft ist und dass wir uns Liebe verdienen müssen, ist ein ganz billiger Trick, mit dem man uns zappeln lassen will. Aber billig ist verlockend und so fangen wir an zu zappeln.

Und zappeln.
Und zappeln.
Und zappeln.

Wenn uns schließlich die Kraft zum Zappeln ausgeht und wir trotzdem noch geliebt werden, kommen wir ins Stutzen und Grübeln. Irgendwer hat dann das Experiment gewagt, das Zappeln dauerhaft zu verweigern. Und siehe da, die Liebe wollte einfach nicht weggehen.

Ich bin so dankbar, dass dieser Mensch einen Notizzettel hinterlassen hat. Diesen trage ich stets bei mir. In entspannter und sicherer Schrift steht dort:

Die einzige Bedingung für Liebe ist,
dass wir existieren.

Trotzdem

Mit ungesund übersteigerter Großartigkeit als Vorbild
fällt es ungleich schwerer,
sich zu seiner natürlichen Größe aufzurichten.

Mit ungesund blendendem Strahlen als Vorbild
fällt es ungleich schwerer,
das eigene Leuchten zuzulassen.

Mit ungesund vernebelter Verzerrung als Vorbild
fällt es ungleich schwerer,
sich zu entwirren, zu entfalten und zu entwickeln.

Mit ungesund inszenierter Besonderheit als Vorbild
fällt es ungleich schwerer,
die eigene Einzigartigkeit in die Welt zu bringen.

Mit ungesund erlebter Manipulation
und tiefem Missbrauch als Vorbild
fällt es ungleich schwerer,
unseren Mantel des Misstrauens wieder abzulegen.

Bei allen Bedenken dürfen wir es trotzdem tun.
Bei allen Bedenken sollten wir es trotzdem tun.
Bei allen Bedenken müssen wir es trotzdem tun.
Auf gesunde Weise.

Wie könnten wir uns sonst beim Leben bedanken?

Der Raum im Trauma

Im Trauma steckt ein Raum.
Warst du schon dort?
Hast du die Tür geöffnet?
Hast du dich über die Schwelle gewagt?

Das Trauma ist kein Wortspiel,
aber du kannst die Tür mit einem Schlüsselwort öffnen.
Das Trauma ist kein Kinderspiel,
aber im Raum warten Kinder.
Das Trauma ist ein Freundschaftsspiel
und gleichzeitig dein Entscheidungsspiel.

Ich schaue hin: Der Raum ist eine Müllhalde.

Doch kann es sein, dass
unter den Schuttbergen Schönes schlummert?
Doch kann es sein, dass
sich unter den versprengten Trümmern eine Ordnung offenbart?
Doch kann es sein, dass
unter den Gifttümpeln ein klarer Quell entspringt?

Ich schaue nochmal hin: Der Raum ist eine Schatzkammer.
Meine Schatzkammer.

Ich wollte nicht hinsehen.
Ich wollte nie hingehen.
Dann wollte ich es abschütteln und aus mir herausrütteln.
Nun geb' ich's nicht mehr her, mein Trauma.
Denn im Trauma steckt der Raum.
Mein Raum.

Der Mentor

Viele Jahre sehnte ich mich nach einem Mentor, der mich gütig und verständnisvoll fördern würde. Ich wünschte mir ein Vorbild, dem ich aus ganzem Herzen folgen könnte. Meine Sehnsucht und mein Wunsch blieben unerfüllt.

Als sich die unverhoffte Chance ergab, wurde ich selbst zum Mentor für junge Menschen und wollte ihnen gern ein Vorbild sein. Trotz großer Hoffnung und vereinzelter Lichtblicke endete das Projekt im Zusammenbruch. Im Bemühen, es richtig zu machen, hatte ich etwas Wesentliches übersehen.

Ich wurde auf mich zurückgeworfen und bekam die Aufgabe, den Knoten zu entwirren. Es begann eine lange Reise durch die Nacht. Nach zähem Ringen erkannte ich in einem wohlwollenden Begleiter endlich meinen lang ersehnten Mentor. Im Gegensatz zu mir selbst hatte er mich nie fallengelassen.

Seine ruhige Unerschütterlichkeit gab mir schließlich das Zutrauen in mich selbst, den Knoten zu lösen und zu meinem eigenen Mentor zu werden.

Danke.

Nach der Einsamkeit

Kennst du das auch?
Erst kommt die Einsamkeit,
danach das Alleinsein
und schließlich das
All-Ein-Sein.

Die Hamsterfrage

Was meinst du:
Ist der Hamster im Rad
ein bewusster Gestalter
seines Lebens?

Passage

Durch die
Wunde unseres Lebens
gelangen wir zum
Wunder des Lebens.

Der beste Zeitpunkt

Wenn du immer alles abwertest,
gibt es etwas in dir,
das dich abwertet.

Wenn du immer alles verachtest,
gibt es etwas in dir,
das dich verachtet.

Wenn du immer alles anzweifelst,
gibt es etwas in dir,
das dich anzweifelt.

Wenn du immer alles kontrollieren willst,
gibt es etwas in dir,
das dich kontrollieren will.

Der beste Zeitpunkt
für Selbstannahme
ist jetzt.

Zögerlich

Manchmal befinden sich
in den schrecklichsten und
furchterregendsten
Verpackungen
die wundervollsten
Geschenke.

Verblüffend, dass wir
das schönstmögliche Geschenk
so lange so konsequent ablehnen,
weil uns die Verpackung
nicht gefällt.

Nun ist es für uns Zeit,
dass wir zum Geschenkkarton vordringen,
ihn liebevoll durchstöbern
und uns mit uns selbst beschenken.

Das Puzzle in der Wundertüte

Mir ist klar geworden,
dass sich das Bild von mir
nur aus versprengten Bruchstücken
zusammensetzen lässt.

Ich kann am Nichtvorhandensein
des intakten Ganzen verzweifeln
oder die verblüffende Vielfalt
meiner Fragmente feiern.

Ich kann mit den
herumschwirrenden Einzelteilen hadern
oder das Wunder entdecken,
das in jeder Scherbe steckt.

Ich kann mich über die
mangelnde Übersichtlichkeit beschweren
oder immer wieder eine neue Überraschung
aus den Tiefen der Tüte angeln.

Kommst du damit klar?
Dann können wir
eine gute Zeit
miteinander verbringen.

Verwunderung über die Wunde

Im Düster zwischen Falsch und Wahr
ragt eine Wunde sonderbar.
Auf halbem Weg ins Niemandsland,
wo sonst der blinde Fleck sich fand,
da thront das üble Schreckensteil.
Einst hofften wir, wir seien heil.
Der Irrtum wird uns jetzt bewusst,
am Leben schwindet rasch die Lust.

Wir wollten niemals mehr sie sehen,
im tiefsten Keller durft' sie stehen.
Die Wunde duldet kein Verstecken,
nun rächt sie sich mit Angst und Schrecken.
Schaut man genauer hin,
erscheint die Guillotine.
Ganz sicher winkt uns das Verderben,
denn beim Passieren geht's ans Sterben.

Man hadert starr und sammelt Kraft,
bis man es endlich doch durchschafft.
Erst ringt nach Fassung man vor Glück,
dann wagt man einen Blick zurück.
Von vorne eng, von hinten weit?
Man glaubt, man sei nicht mehr gescheit.
Denn plötzlich wandelt schwarze Qual
sich in ein leuchtendes Portal.

Die beiden Seiten passen nicht.
Wie passt denn Dunkelheit zum Licht?
Wir wähnten uns am Streckenende,
nun tut sich auf ein Großgelände.
Einst wollten wir im Schmerz ertrinken,

jetzt neue Möglichkeiten winken.

Im Kopfe kreisen tausend Fragen,
doch wozu sollten wir uns plagen?
Mann muss die Wunde nicht versteh'n,
genügen tut's hindurchzugeh'n.

Regentropfen und Sonnenstrahlen

Wenn andere Menschen von
Scherben,
Splittern,
Einzelteilen,
Bruchstücken,
Fragmenten
ihres Lebens berichten,
trauert ein Teil von mir über die Teilung,
die sie erleben und erleiden,
und erwärmt sich ein Teil von mir,
weil ich die Verbindung zwischen uns
erkenne und spüre.

Die Verbindung
in der gefühlten Teilung
ist wie der tröstliche Geruch des Staubs,
der nach einem Sommerregenschauer
vom Pflaster aufsteigt.

Psychoedukation

Psychoedukation
ist eine hilfreiche
Art der Verdrängung,
mit der ich meine Verdrängung
verdrängen kann.

An tapfere Taucher

Wer tief sinkt,
gelangt zum Grund.

Wer
tief sinkt,
gelangt
zum Grund.

Ahnungs- und selbstlos

Ich hatte ja keine Ahnung,
wie schön es
mit einem selbst sein kann.
Besser gesagt mit einem Selbst.

Der Herrenmensch

Stock und Hut steh'n ihm gut.
Das perfekte Edelblut.
Man sieht gleich den Herrenmann.
Sklaven blickt er gar nicht an.
Diese Welt, so weit man schaut,
hat der Gott für ihn gebaut.
Häufig träumt er wild und frei,
dass der Gott er selber sei.
Er ist oberstes Gericht,
Regeln gelten für ihn nicht.
Ihm steht schließlich alles zu.
Niemals lässt er uns in Ruh
mit Berichten voller Pracht,
welche Wunder er vollbracht.
Berge mit der Hand verschoben,
ganze Häuser hochgehoben,
Schneelawinen weggeschluckt –
niemals hat er sich geduckt.
Strahlend seine Heldentaten!
Rest der Menschheit? Glatt missraten.
Schau, in seinem noblen Glanze
bittet er die Welt zum Tanze.
Aber streng nach seiner Pfeife!
Staune, Menschlein, und begreife,
welch bombastisches Genie
dir der Himmel hier verlieh.
Er ist groß und übermächtig.
Alles, was er tut, ist prächtig.
Alles, was er sagt, ist toll,
denn er ist so wundervoll.
Und nur er, der Wundervolle,
hat die oberste Kontrolle.

Er hat sich noch nie geirrt.
Nur die andern sind verwirrt.
Sie sind allesamt zu blöde.
So zumindest seine Rede.

Doch schaut man genauer hin,
dann ergibt sich andrer Sinn.
Hinter meterdicken Mauern
tut ein elend Kindlein kauern.
Dessen Weinen, Schluchzen, Klagen
kann der Herr gar nicht ertragen.
Und es brächt' ihm tiefstes Grauen,
würde er aufs Kindlein schauen.
Das hat er noch nie versucht,
deshalb lebt er auf der Flucht.
Weil die Ängste reichlich sprießen,
Dasein er nicht kann genießen.
Weil's für ihn unmöglich ist,
er's den andern auch vermiest.
Schwupps, so dürfen alle leiden,
die durchs Leben ihn begleiten.
Sklavenmenschen, spitzt die Ohren!
Er hat euch nicht auserkoren,
weil ihr minderwertig seid.
Für die Botschaft steht bereit:
Ihr habt das, was er nicht hat.
Und sein Neid setzt ihn schachmatt.
Ihr seid absolut genug,
doch sein Treiben ist Betrug.
Nehmt die Beine in die Hand,
rennt weit fort von seinem Land!
Aus den Herren-Sklaven-Zonen.
Dorthin, wo die Freien wohnen.

Finstere Zäsur

Zwischen meinem „Ja“,
das eigentlich ein „Nein“ sein sollte,
und meinem stabilen „Nein“
lag eine große Dunkelheit.

Zwischen meinem „Ja“,
das eigentlich ein „Nein“ sein sollte,
und meinem stabilen „Nein“

Klarstellung

Der Weg
zum Selbst
ist kein Egotrip.

Der Weg
zum Selbst
ist kein
Egotrip.

Würdigung

Jeder Schritt
ist ein Schritt.

Jeder
Schritt
ist ein
Schritt.

Lob der Genügsamkeit

Wenn ich es mir recht überlege,
brauche ich das Drama nicht.
Ruhe und Frieden genügen mir.

Wenn ich es mir recht überlege,
brauche ich das Chaos nicht.
Ordnung und Schönheit genügen mir.

Wenn ich es mir recht überlege,
brauche ich die Verachtung nicht.
Liebe und Respekt genügen mir.

Wenn ich es mir recht überlege,
brauche ich die Spielchen nicht.
Ehrlichkeit und Wahrhaftigkeit genügen mir.

Wenn ich es mir recht überlege,
brauche ich den bitteren Sarkasmus nicht.
Ein glückliches Lachen aus vollem Herzen genügt mir.

Mein Lieblingsbild

Du sagst, du bist die Sonne.
Dein strahlendes Lachen in Szene zu setzen,
ist nur eine Fingerübung.

Ich aber spüre sofort,
dass ich deinen Schatten
fotografieren möchte.

Im Schatten liegt die wahre Herausforderung.

Wie weit müsstest du dich
von deinem Jetzt entfernen,
um dorthin zu gelangen?

Oder ist es etwa nur ein winziger Schritt?
Würdest du diesen Schritt wagen?

Dann freue ich mich auf Bilder,
die du noch nie gesehen hast.
Ich freue mich mit dir.

Eine Aufnahme hebe ich mir bis zum Schluss auf.
Sie zeigt deinen Gesichtsausdruck,
während du die Kraft deines Schattens erkennst.

Mein Lieblingsbild.

Der Vater von Charles

Neulich beim Rasenmähen musste ich wieder an die Geschichte von Charles denken. Er beschrieb darin, wie er als Kind und Jugendlicher den Rasen mähen musste. Danach kontrollierte sein Vater die Arbeit. Er hockte sich auf den Rasen, blickte prüfend und schrie triumphierend auf, als er entdeckte, dass ein paar Halme übersehen worden waren. Danach zog er seinen Gürtel aus der Hose und verdrosch seinen Sohn nach Strich und Faden.

Schon oft war ich mir sicher,
dass Charles und ich denselben Vater hatten.

Mein Vater war fasziniert von den Geschichten von Charles. Er las sie immer wieder. Was ich dabei an Emotionen in seinem Gesicht beobachtete, musste ich für mich behalten. Hätte ich es ausgesprochen, hätte mein Vater seinen Gürtel aus der Hose gezogen und mich nach Strich und Faden verdroschen.

Ich war mir sicher,
dass Charles und er denselben Vater hatten.

Testweise habe ich unserem Sohn eine der Geschichten von Charles vorgelesen. Er schaute mich nur fragend an und konnte damit überhaupt nichts anfangen.

Selten bin ich so erleichtert gewesen. Vielleicht damals, als ich nach einer strapaziösen Bergwanderung endlich meinen schweren Rucksack von den Schultern streifen konnte.

Mehr als Geben

Natürlich ist es gut, geben zu können.
Ich gebe gern.

Doch Geben allein genügt nicht.
Ich darf lernen, auch nehmen zu können.

Denn ohne Nehmen gibt es keine Annahme.
Und ohne Annahme keine Selbstannahme.

Kann ich nicht nehmen,
dann kann ich auch das Geschenk nicht annehmen.

Mein Geschenk.
Mein Leben.

Geschenkschmerzen

Ich sehne mich nicht nach etwas, das ich nicht besitze,
sondern nach etwas, das ich habe.
Ich kenne es genau.
Das Geschenk.

Ich sehne mich nicht nach etwas Neuem,
sondern nach etwas Altvertrautem.
Ich spüre es genau.
Das Geschenk.

Ich sehne mich nicht nach etwas im Außen,
sondern nach etwas im Innen.
Ich fühle es genau.
Das Geschenk.

Ich sehne mich danach,
mein Geschenk endlich wieder
auspacken zu können,
ohne dafür bestraft zu werden.

Ich sehne mich danach,
mein Geschenk endlich wieder
verwenden zu können,
ohne dafür angegriffen zu werden.

Ich sehne mich danach,
mein Geschenk endlich wieder
an die Welt zurückgeben zu können,
ohne dafür abgelehnt und ausgeschlossen zu werden.

Vom Leuchten

Irgendwann stieg in mir der Verdacht auf, dass es womöglich mehr als nur ein Leuchten gibt.

Das eine Leuchten besitzt im ersten Moment eine überwältigende Strahlkraft. Ein Versprechen von Macht und Herrlichkeit. Doch sein Schein ist gnadenlos. Wie der tückische Glanz eines sterbenden Sterns in den Tiefen des Weltalls, hinter dem sich ein verschlingendes schwarzes Loch verbirgt. Und rasch blendet dich dieses eiskalte Leuchten, toastet deine Netzhaut, schockfrostet deine Eingeweide, lässt dich schließlich erblinden und entleert dich. Dein Herz versteinert, deine Stimme verstummt.

Das andere Leuchten ist von seidig warmer Güte. Leicht kann es übersehen werden, weil es etwa durch eine grausam kalte Sonne überblendet wird, die in der Nähe ihr Unwesen treibt. Das wahre Leuchten ist scheinbar unauffällig und unerheblich, doch wenn es dir gelingt, fein hinzuspüren, erfüllt es dich wohlwollend bis in den letzten Winkel deines Seins. Es schenkt dir deine eigene Lebendigkeit, öffnet deine Augen und weitet deinen Blick. Dein Bauch pulsiert wohlig warm, deine Haut beginnt angenehm und befreiend zu prickeln, bis schließlich dein Herz im Takt deines eigenen Lebens schlägt und du mit deiner eigenen Stimme sprechen kannst.

Das eine und das andere Leuchten.
Du fragst, für welches von ihnen ich mich entschieden habe?
Welche Wahl triffst du?

Das Traumaband

Reisen magst du. Nur ein Stück.
Doch das Band hält dich zurück.
Alles das, was nicht konform,
alles, was nicht Täternorm
wird vom Bande limitiert,
was dich unsäglich frustriert.
Denn so kommst du nicht voran,
lebst wie unter einem Bann.

Die Gedanken wirbeln wild:
werd' ich bald sein Ebenbild?
Bei dem hohen Risiko
schlägst du lieber dich KO.
Einst war er dein Ungetier,
steckt der Unhold nun in dir?
Unsichtbar willst du jetzt sein,
lieber einsam und allein
als dort draußen – wie geschehen –
lauter neue Monster sehen.

Seinen Terror, seine Hiebe
hieltest du für wahre Liebe.
An die Liebe willst du kommen,
taumelst, torkelst wie benommen.
Da das gute Beispiel fehlt,
dich dein trostlos' Dasein quält.
Und mit Terror und mit Hieben
meinst du nun dich selbst zu lieben.

Unsichtbar das Band sich spannt,
du hast es nicht in der Hand.
Doch dir dämmert's irgendwann:

An das Band, da muss ich ran!
Ich muss es zum Reißen bringen,
meine Kette soll zerspringen.
Schluss mit Unterwürfigkeit –
Sklave, der sich selbst befreit!

Schaust du Ängsten ins Gesicht,
dehnt das Band sich fürchterlich.
Nur ein Stück noch, dann wird's reißen,
kannst nun auf den Täter scheißen.
Du musstest genug erdulden
und hast bei ihm keine Schulden.
Schluss jetzt mit Zusammenreißen,
nichts kann euch nun noch verschweißen.

Es sei denn, du kehrst zurück
und gibst her dein frisches Glück.
Du würdest dir nie vergeben –
geh nach vorn und leb das Leben!

Die leisen Stimmen

Die Kunst besteht darin, die leisen Stimmen zu hören.

Die leisen Stimmen sprechen wichtige Dinge aus,
die im Getöse des pompösen Feuerwerks leicht untergehen.
Das macht mich traurig, denn ich sehe dann,
wie Schätze zertreten werden.

Ich möchte noch ruhiger werden,
um die leisen Stimmen klarer vernehmen zu können.
Ich möchte noch besser zuhören lernen,
um den leisen Stimmen aufmerksamer lauschen zu können.
Ich möchte noch feiner unterscheiden lernen,
damit ich die leisen Stimmen zur Entfaltung bringen kann.

Die leisen Stimmen sagen Wahrheit,
ohne Zustimmung einzufordern.
Die leisen Stimmen teilen Weisheit,
ohne beeindrucken zu wollen.
Die leisen Stimmen bringen Kontakt,
ohne zu bedrängen.

Die Erlaubnis

Ich erlaube mir was.

Ich erlaube es mir ungeachtet aller
Drohungen und Einschüchterungsversuche.
Ich erteile mir diese Erlaubnis:

Die Liebe, die ich einst als Kind
von meinen Eltern nicht bekommen habe,
gebe ich mir heute als Erwachsener
selbst.

Damals unerhört, heute unerlässlich.
Damals eine Frechheit, heute der Weg in die Freiheit.
Damals mit Gewalt bestraft, heute mit Leben belohnt.

Das erlaube ich mir.

Im Mühltal

In jedem von uns, da sprudelt ein Quell,
doch sein Wasser ist stets individuell.
Keine Mixtur einer anderen gleicht,
jedes Gemisch von allen anderen abweicht.

Vom fröhlichen Quell mit glitzerndem Schein
strömt unser Wasser ins Mühltal hinein.
Kanäle durchziehen das Mühllabyrinth.
Hier suchen und finden wir, wer wir sind.

Denn nicht irgendeine der tausend Mühlen
lässt sich von unserem Wasser kühlen.
Der Clou liegt darin, wahrhaftig zu fühlen,
wohin wir das kostbare Nass wohl spülen.

Bei Mühlrädern groß und klein, breit und schmal
perfekt zu entscheiden kann sein eine Qual.
Und krümmst du dich unter der Last der Gedanken,
dann weise doch deinen Verstand in die Schranken.

Dein Herz und dein Bauch, sie zeigen die Bahn –
sie kannten die Antwort von Anfang an.
Vertraust du dir selbst und folgst ihrem Rat,
dann hast du bereits deine Lösung parat.

Lass los und wie von Zauberhand
ergießt sich ein leuchtendes blaues Band
zu allen deinen ureigenen Mühlen –
die lassen sich nun mit Freude bespülen.

Sie schnurren konstant ohne Quietschen und Knarren,
niemals müssen sie wegen Radbruch verharren.

Sie laufen ganz ruhig und ohne Getöse,
so zeigen sie souverän ihre Größe.

Und ihre Größe, sie ist auch die deine,
die Mühlräder lassen dich niemals alleine.
Die passende Wahl, triffst du sie für dich,
dann lässt du dich selber niemals im Stich.

Wer rastet, der kostet

Wer rastet, der kostet.

Der kostet von der Möglichkeit, eine Pause einzulegen und Ruhe zuzulassen. Der wendet sich ab vom hochtourigen Surren und findet in sich ein wohltuendes Schnurren. Der verabschiedet sich vom wilden Getümmel, um sich stattdessen selbst begrüßen zu dürfen.

Stille ist kein Mangel.
Ruhe ist keine Stagnation.
Alleinsein ist keine Einsamkeit.

Wer den Mut aufbringt,
sich ehrlich anzuschauen,
wird sehen,
dass alles da ist.

Buchse und Stecker

Eine Buchse ist in mich eingelassen. Untrennbar mit mir verwoben. Läuft alles optimal, ist sie im Auslieferungszustand und danach stets mit dem richtigen Stecker verbunden. Aber der Optimalfall ist leider nicht der Normalfall.

Es kam ein Mensch, unter dessen Einfluss ich den richtigen Stecker zog, um meine Buchse stattdessen mit seinem Stecker zu koppeln. Nach langem Leid und Kampf konnte ich mich von seinem Stecker befreien. Meine Buchse war endlich wieder unbelegt.

Geprägt durch das, was ich kannte, verfiel ich auf die abwegige Idee, meine Buchse gänzlich freiwillig mit dem Stecker eines anderen Menschen zu verbinden. Was sich anfangs gut anfühlte, entpuppte sich mit der Zeit als Kurzschluss.

Endlich bekam ich meine Buchse wieder frei. Im finalen Anlauf erblickte ich vor meinem inneren Auge den richtigen Stecker. Mit meinem letzten Rest an Vertrauen stellte ich die Verbindung her.

Und siehe da, diese Verbindung beinhaltete alles, was ich jemals brauchen würde. Das umfassende wohlige Prickeln werde ich nie vergessen. Der schönste Stromschlag, den ich je erhalten habe.

Danke, Stecker des Lebens.

Vom Suchen und Finden

Wir suchen im Außen
und finden im Innen.

Friedensverantwortung

Ich betrat den Weg des Friedens,
als ich für meinen
selbst erschaffenen Drachen
die Verantwortung übernahm.

Friedensverantwortung

Ich betrat den Weg des Friedens,
als ich für meinen
selbst erschaffenen Drachen

Das Prickelbarometer

Ja, ich kuschle gern.
Und ich drücke gern.
Doch es braucht keine Berührung,
um mich zu berühren.

Sag mir in einfachen Worten,
was dich bewegt oder bedrückt.
Lass uns ehrlich und auf Augenhöhe
die gemeinsame Zeit wertschätzen.

Ob wir in Sicherheit verbunden sind,
meldet mir das Prickelbarometer.
Ich vertraue ihm. Es irrt sich nicht.
Und bedarf keiner gedanklichen Überprüfung.

Ein wohliges Prickeln wandert knotenlösend
wie feiner Strom vom Scheitel bis zur Sohle.
Freudige Funken erwärmen meine Handflächen
und überwinden mühelos meine Kniemauer.

In diesen magischen Momenten des heilsamen Trosts
spüre ich,
fühle ich,
weiß ich,
dass wir alle Teil eines Ganzen sind.

Finger weg!

Habe blauäugig dir vertraut,
viel zu lange schon weggeschaut.
Doch jetzt sag' ich dir klar und laut:
Finger weg!

Deine ewige Manipulation
kenne ich zur Genüge schon.
Ich warne dich nun in scharfem Ton:
Finger weg!

Hatte nicht die leiseste Ahnung
von deiner perfiden Planung.
Hier kommt meine letzte Ermahnung:
Finger weg!

Meine Gefühle gehören mir allein.
Sie können niemals dein Spielzeug sein.
Krieg's mal in deinen Schädel rein:
Finger weg!

Meine Gefühle sind mein eigener Schatz.
Für deine Spielchen gibt's keinen Platz.
Versuch's nur und ich reagier' ratzfatz:
Finger weg!

Meine Gefühle sind mir lieb und teuer.
Jeder Missbrauch schmerzt wie Höllenfeuer.
Willst du wecken das Ungeheuer?
Finger weg!

Fruchtlos blieben alle Appelle.
Dein Verhalten rückte nie von der Stelle.
Meine Wut traf dich wie eine Welle.
Finger ab.

Orientierung

Es gibt Denkfehler,
aber keine Fühlfehler.
Es gibt Hirngespinste,
aber weder Herz- noch Bauchgespinste.
Auf wen hörst du?

Die Werkzeugmachergilde

Die Werkzeugmachergilde
führt Schändliches im Schilde.
Für alte und auch junge Leute
besteht Gefahr im Hier und Heute.

Sie möchte dich verwandeln.
Du sollst gefälligst handeln,
so wie es ihr gefällt,
denn es ist ihre Welt.

Du sagst, du seist ein Unikum.
Die Gilde lacht sich schallend krumm.
Den Werkzeugmachern bist du schnuppe.
Sie formen aus dir eine Puppe.

An Fäden wollen sie dich führen.
Gehorsam hast du zu parieren.
Geklärt haben sie lange schon
für dich die passende Funktion.

Der Amboss du, der Hammer sie.
Der Schlächter sie und du das Vieh.
Du unten und sie oben.
Das sollst du auch noch loben!

Doch fällst du aus der Rolle,
verlier'n sie die Kontrolle.
Jetzt nimm dich bloß in Acht,
gleich spürst du ihre Macht.

Drum schneid' schnell an den Stricken.
Entzieh dich ihren Blicken

mit Selbstwert – deinem Rettungsring –
er ist ein wahres Zauberding!

Denn kennst du deinen Wert im Leben,
dann muss die Gilde sich ergeben.
Du: hast das Level durchgespielt.
Sie: nach dem nächsten Opfer schielt.

Plädoyer für eine Retransformation

Das, was du nie durftest sein,
floss in deine Wunde rein,
gärte dort und wurde Wut.
Rückverwandlung tut dir gut.

Heute

Heute bin ich sanft zu mir.
Heute behandle ich mich liebevoll.
Heute schaue ich wohlwollend hin,
wer ich bin und was in mir steckt.
Heute bewege ich mich
in einem Tempo, das mir gut tut.
Heute esse und trinke ich,
was mir schmeckt.
Heute umgebe ich mich mit Menschen,
in deren Nähe ich mich wohlfühle.
Heute treffe ich Entscheidungen
und gestalte bewusst.
Heute kann ich mit einem Lächeln schenken,
weil ich nicht mehr bedürftig bin.

Heute ist mein Leben.

Arm und reich

Die Wunde,
von der du dich abwendest,
bleibt deine Armut.

Die Wunde,
der du dich zuwendest,
wird dein Reichtum.

Notizen an mich

Es ist müßig,
von anderen Menschen
Respekt zu erwarten,
wenn ich mich selbst
nicht respektiere.

Es ist müßig,
von anderen Menschen
Wertschätzung zu erwarten,
wenn ich mich selbst
nicht wertschätze.

Es ist müßig,
von anderen Menschen
Schutz zu erwarten,
wenn ich mich selbst
nicht beschütze.

Es ist müßig,
von anderen Menschen
Zuwendung zu erwarten,
wenn ich mich mir selbst
nicht zuwende.

Es ist müßig,
von anderen Menschen zu erwarten,
dass sie mich sehen,
wenn ich mich selbst
unsichtbar mache.

Eine mutige Maus

Regalmeter um Regalmeter voller Furcht.
Themenbereich für Themenbereich voller Schrecken.
Bände über Bände voller Horror.

In den halbdunklen Gängen
der Bibliothek meiner Ängste
gab es eine unerwartete Begegnung.

Auf einer Buchstütze kauerte
ein kleines pelziges Wesen,
das mich mit keckem Blick anzwinkerte.

Wir kamen sofort ins Gespräch
und tauschten uns über den Inhalt der Angstbücher aus.
Als ob es gar nicht meine wären.

Mit der Gemeinsamkeit bröckelte meine Isolation.
Mit dem Reden löste sich meine Erstarrung auf.
Kurz sah ich die Welt durch kecke Augen.

Plötzlich konnte ich erkennen,
wie viele Doubletten sich hier angesammelt hatten.
Ganze Regale lösten sich in Rauch auf, ohne zu brennen.

Ich besuchte meine Bibliothek nun regelmäßiger.
Mein neuer Freund kochte uns Tee gegen den Kloß im Hals.
Ich servierte Plätzchen gegen den Druck im Bauch.

Die Maus berichtete von der Neugestaltung ihres Zuhauses.
Graue Lesebändchen baumeln fröhlich von der Decke.
Düstere Buchumschläge dienen als gemütliche Schlafzelte.
Starre Buchstützen wurden in lustige Spielgeräte umgewandelt.

Mit Papierschnipseln wurde ein Wohlfühlzimmer
für die ganze Mäusefamilie eingerichtet.

Neulich entdeckte ich in der Bibliothek
ein verblüffend leichtes Buch.
Die Hälfte seiner Seiten war herausgeknabbert worden.
Ich stutzte kurz, lachte dann befreit auf und biss in den Einband.

Der Mäusemut steckt mich an,
auch wenn ich mich an den Geschmack
von Papier erst noch gewöhnen muss.

Drei Worte Ermutigung

Nicht schämen, machen.

Verriegelt und verrammelt

Im Beisein mancher Zeitgenossen,
krieg ich mein Herz nicht aufgeschlossen.

Das Expresskarussell

Das Expresskarussell rotiert rasend schnell.
Auf hohen Touren. Diffuse Figuren.
Ein Flimmern, ein Wuseln, ein Kreischen, ein Krachen.
Ein Stimmengewirr voller Brüllen und Lachen.

Heftig wogende Wellen oder sind es Stromschnellen?
Ein Schäumen der Gischt, alles seh' ich verwischt.
Das Tempo ist wild, unklar bleibt das Bild.
Kann nichts mehr erkennen, muss mich wohl trennen.

Bin aus dem Tritt und komm nicht mehr mit.
Stehe ratlos daneben und spüre das Beben.
Der Boden vibriert, bin schockstarr irritiert.
Ein Hupen und Tuten will mich überfluten.

Dabei wär ich gerne,
doch es rückt in die Ferne
das Expresskarussell:
mir zu laut und zu schnell.

They see me rollin'

Ich rolle
aus der Kontrolle
der Trolle,
olé!

They hatin'.

Polyglotter Fail

Bemerkenswert,
wenn ein Mensch
14,5 Fremdsprachen
perfekt beherrscht.

Bedauerlich,
wenn er die Sprache
seines eigenen Herzens
nicht versteht.

Die Buchhandlung

Die Buchhandlung ist mehr als nur
ein Zahnrad in der Städteuhr.
Sie tickt in ihrem eignen Takt.
Ganz hocherfreulich, dieser Fakt!

Hast du vielleicht noch nicht entdeckt,
welch Kleinod sich bei uns versteckt?
Die Buchhandlung! – Durch ihre Pforte
gelangst du in die Welt der Worte.

Hier kommst beim Schmökern du zur Ruh',
schaust andern beim Entdecken zu.
Regale voller Leseschätze,
im Sofa gibt's noch freie Plätze.

Komm, tausche Lärm und Straßenluft
gegen Kaffee und Bücherduft!
Formate tut man hier erfinden,
um Menschen enger zu verbinden.

Damit ihr Zauber nicht verebbt,
nimm dir zu Herzen dies Rezept:
Du hegst und pflegst und hätschelst sie.
So bleibt erhalten die Magie.

Die Buchhandlung darf niemals fort.
Du spürst: das ist ein Ort im Ort.
Komm schnell heran, tritt froh hinein,
saug Wunderatmosphäre ein!

Hör nicht auf die Stimme

Hör nicht auf die Stimme,
was sie auch sagt,
denn das führt zum Herzinfarkt.

Hör nicht auf die Stimme,
was sie auch spricht,
hohen Blutdruck willst du nicht.

Hör nicht auf die Stimme,
was sie auch schwätzt,
denn sonst wird dein Bauch verätzt.

Hör nicht auf die Stimme,
was sie auch schreit,
sonst macht sich Erschöpfung breit.

Hör nicht auf die Stimme,
was sie auch meint,
denn sonst wird nur noch geweint.

Hör nicht auf die Stimme,
was sie auch mault,
sonst wird dir der Spaß vergrault.

Du kennst sie seit Kindestagen.
Dachtest, du müsstest sie immer ertragen.
Schließlich scheint sie deine ganze Welt,
auch wenn sie dir so sehr missfällt.

Kämpfen gegen sie kannst du nicht,
checkst du gar nichts, du kleiner Wicht?
Gegen sie siehst du keinen Stich.

Im Duell siegt sie fürchterlich.
Drum vergiss den Konfliktansatz,
und mach neuen Konzepten Platz.

Facepalm, endlich hast du's kapiert,
du hast die Stimme nur importiert.
Sonst wärst du als Kind abgeschmiert
und allein vor dich hin krepiert.

Sie ist 'ne hässliche Krücke,
doch du brauchtest die Brücke,
um die Verbindung zu halten
zu deinen garstigen Alten.

Und sagst du nun zu ihr „Willkommen!",
wird der Stimme der Einfluss genommen.
Und sagst du nun „Ich kann dich sehen!",
muss die Stimme schon fast wieder gehen.

Lass die Stimme die Stimme sein,
dann wird sie sehr bald schwach und klein.
Schau ihr fröhlich beim Schrumpfen zu,
dann hast du schließlich deine Ruh'.

Gezahlt hast du dein Lehrgeld.
Nimm dich selber ins Blickfeld.
Auch wenn's dir vielleicht noch schwerfällt,
bist du bald schon dein Herzheld.

Hör nicht auf die Stimme.
Bekämpfe nicht die Stimme.
Lass die Stimme die Stimme sein
und finde in das Leben rein.

Nebelkriecher

Als ich noch orientierungslos
im Nebel herumgekrochen bin,
dachte ich,
dass ich niemals vorankommen würde.

Aber auch Kriechen
ist eine Fortbewegung.

Ideendämmerung

Wenn du Gefahr läufst, dich im Abseits zu verlieren,
im Begriff stehst, nur noch in die Leere zu stieren
oder orientierungslos umherzurobben auf allen Vieren,
dann wirst du viele wilde Dinge ausprobieren.

Schließlich dämmert die Idee, dich selber zu studieren,
um gekonnt die Perversion zu pervertieren,
deine eigene Dunkelheit zu berühren
und dich wieder zurück ins Leben zu führen.

Entwurzelt?

„OK, hatte ich mir gedacht."
So mein lakonischer Kommentar,
als ich genug Mut gefasst hatte,
mich bis ganz unten zu betrachten.

Die Wurzeln waren weg.
Da, wo sie hätten sein sollen,
wo sie mich hätten erden sollen,
hingen bloß ein paar abgerissene Reste.
„OK, hatte ich mir gedacht."

Ich ließ den Blick schweifen.
Was ich ebenfalls erspähte, waren feine Glitzerstränge.
Ein silbernes Gespinst mit fröhlich glänzenden Tautropfen.
„Oj, was haben die sich dabei gedacht?"

Lustig, habe ich womöglich Luftwurzeln?
Wäre plausibel, schließlich liegt Liebe in der Luft.
Bin ich also geluftet und nicht geerdet.
„Oh, hätte ich nicht gedacht."

Der einzige Auftrag

Einmal baute sich der Machtmensch vor mir auf. Urplötzlich und unerwartet. Der Überraschungsangriff war seine Methode. Er fuchtelte wie übergeschnappt mit seinem Zeigefinger, sprach mit grimmig verzerrtem Gesichtsausdruck und donnernd drohender Stimme: „Du wirst das Muster durchbrechen. D-u-u-u wirst es schaffen! Du wirst der Erste sein, dem es gelingt."

Ich war verdattert, schockiert, befremdet und entsetzt. So viele widerstrebende Empfindungen gleichzeitig. Der ideale Nährboden für nachhaltigen Nebel. Diese zermürbende Zerrissenheit bei meinem Gegenüber, ich kam niemals damit klar. Für mein System unauflösbar, wie sich Verachtung und Respekt, Verzweiflung und Hoffnung, Ablehnung und Zuneigung, Hass und Liebe gleichzeitig entladen können.

Lange Jahre hatte ich keinen blassen Schimmer, wovon er geredet hatte. Ein Muster? Welches Muster? Endlich begab ich mich auf Mustersuche. Zunächst unbewusst, später ohne un. Mehrfach fielen Groschen. Erst nachdem sich ein Münzhäufchen angesammelt hatte, begann ich vage zu ahnen. Der Machtmensch wollte mich wie einen schillernden Luftballon aufblasen. Er wollte mich zu etwas Besonderem aufblähen und mich zum Thronfolger seiner Großartigkeit machen. Er wollte sich über mich kopieren und dort fest installieren. In seinem Geiste und Sinne sollte ich eine Scheinwelt dominieren, die er erschaffen hatte. Ich lehnte jeweils dankend ab.

Das Projekt Musterbruch war sein einziger Auftrag, den ich angenommen habe. Mittlerweile aus ganzem Herzen. Ich habe dankend zugesagt. Bin unterwegs. Und glaub mir, es spielt für mich dabei überhaupt keine Rolle, ob ich der Erste bin.

Grenzen und Geigen

Wenn du deine Grenzen zeigst,
es mit manchen du vergeigst.
Die Beziehung geht KO.
Ist das nicht vielleicht besser so?

Sternthemen

Meine Themen sind wie Sterne.
Erst in der Finsternis gelangen sie zur Entfaltung.
Erst in der Dunkelheit der Nacht kann ich sie wahrnehmen.

Lasse ich sie leuchten,
bin ich nicht mehr orientierungslos.
Lasse ich sie blinken,
erfüllt mich Schönheit.
Lasse ich sie pulsieren,
finde ich meinen Rhythmus.
Lasse ich sie gemeinsam strahlen,
verlässt mich meine Einsamkeit.

Wo wäre ich,
wer wäre ich,
wie wäre ich,
wenn ich mir nur gestatten würde,
im Hellen zu leben?

Papier, Stein und Schere

Papier, mein nimmermüder Zuhörer, wo wäre ich ohne dich. Ohne deine endlose Geduld und dein Aufnahmevermögen. Du schluckst meinen Schmerz, meine Trauer und meine Tränen, die ich in Tintenform über dir ausschütte.

Treu sammelst du jeden einzelnen Tropfen. Wie aus einem riesigen Behälter leitest du die Flüssigkeit weiter auf meine Mauer. Mit deiner Beharrlichkeit höhlst du von außen den Stein – Schritt für Schritt. Ich erkenne erste Dellen. An manchen Stellen schimmert schon diffus das Tageslicht durch.

Von innen schaben wütend die Klingen meiner Schere. Ungelenk schnippen und schnappen sie im Dunkel herum. Doch mit dem ersten klaren Lichtstrahl werden sie ihr Ziel erblicken. Dann geht es dem Band an den Kragen. Und mit dem Zerschneiden des Bands werde ich befreit aufatmen. Dann kann ich endlich meine ungeliebte Opferkammer verlassen.

Aus dem Rinnsal meiner Tränen entsteht der Strom des Lebens. Die Granitplatte auf meiner Brust verwandelt sich in Kiesel am Flussbett. Zwar ist mein Schiff noch aus Papier, doch besitze ich nun einen Scherendegen, mit dem ich dir gesund meine Grenzen zeigen werde.

Bezahlte Therapie

Seitdem ich von ganzem Herzen
der richtigen Tätigkeit nachgehe,
bezeichne ich sie nicht mehr als „Arbeit",
sondern als „bezahlte Therapie".
Später möchte ich sie gern „Leben" nennen.

Klärendes zur Jauche

Wenn du jahrelang konsequent
mit Jauche übergossen wurdest,
stinkst du erbärmlich nach Jauche,
aber du bist nicht die Jauche.

Selbstbeschenkung

Schenk dir doch endlich selber
Aufmerksamkeit.
Dann musst du sie nicht mehr ständig
den anderen wegnehmen.

Eigenwilliger Zuspruch

Wenn dich ein Verzerrer
der Verzerrung bezichtigt,
ist das eine schöne Bestätigung dafür,
dass du auf dem richtigen Weg bist.

Mut zur Weite

Lasst uns den Mut finden,
unsere innere Weite zu beschreiten.

Wegelohn

Wer einmal zum Innenseiter geworden ist,
kann nie wieder ein Außenseiter sein.

Wer
einmal zum
Innenseiter
geworden ist,
kann
nie wieder ein
Außenseiter
sein.

Herzwaage

Dein Körpergewicht interessiert mich nicht.
Ich will nur wissen, was dein Herz wiegt.

Gedanke 83642

Erst wenn wir loslassen,
haben wir die Hände frei.

Erst wenn wir
loslassen,
haben wir die
Hände frei.

Frage

Was erlebst du in deinen
zwischenmenschlichen
Beziehungen:

Geborgenheit
oder
Verbogenheit?

-e-i-o-u

Wenn es kein „a" gäbe,
hätten wir Flusen im Kopf.

Wenn es
kein „a" gäbe,
hätten wir
Flusen im Kopf.

The Fog

Wenn ein rostiger Enterhaken an einem Armstumpf
mitten in der Nacht an meine Fensterscheibe pocht,
dann ist das schauderhaft gruselig.

Doch der wahre Nebel des Grauens erfüllt mich,
wenn ich die Informationen aus dem Außen
und die Gefühle in meinem Inneren
nicht in Einklang bringen kann.

Impuls

Such die Menschen,
die im Regen
einen Sonnenhut tragen.

Such
die Menschen,
die im Regen
einen Sonnenhut
tragen.

leiden heißt

leiden
heißt
sehen
lernen

leiden
heißt
loslassen
lernen

leiden
heißt
leben
lernen

leiden
heißt
lieben
lernen

Wissen und fühlen

Zu lange habe ich zu viel vom Falschen getan.
Zwar unwissentlich und nicht in böser Absicht,
doch zu viel vom Falschen.
Ich wollte tun, was richtig ist.

Offensichtlich wusste ich es nicht.

Mein weiser Körper zog endlich einen Schlussstrich
und holte mich raus.
Er ist schlau und weiß genau,
dass er der einzige Ort auf dieser Welt ist,
an dem ich existieren kann.

Offensichtlich wusste ich es nicht.

Ich war zurück auf Null, sinnierte viel
und raffte mich erneut auf.
Mein Kopf sagte immer wieder „Ja!",
mein Körper jedes Mal „Nein!"
Ich dachte, ich wüsste nun, was richtig ist.

Offensichtlich wusste ich es nicht.

Dann, als der Berg unerklimmbar
und das Leben unerreichbar schien,
rollte etwas heran.
Ich spürte eine kalte Hand auf meinem Herzen.
Sie drückte zu und forderte mich auf,
alles loszulassen, was nicht richtig war.

Endlich fühlte ich es.

Die Leute fragen mich,
ob ich traurig über all die Verluste bin.
Sie wundern sich,
wie ich das Scheitern verkrafte.

Ich zeige ihnen, dass ich fühle.
Sie sehen, dass ich lebe.
Es ist gut.

Ein zerknülltes Blatt

Ich bin ein zerknülltes Blatt.
Noch klein und weiß und unbeschrieben.
Lange habe ich gebraucht, um eine passende Ecke zu finden,
an der ich vorsichtig ziehen kann, um mich zart zu entfalten.
Viel Mut habe ich für dieses Wagnis aufgebracht.
Denn wer weiß schon, was dabei alles geschehen kann.

Sei nicht die rohe Hand, die sich über das Blatt legt.
Sei nicht die lähmende Fessel, die meine Lebendigkeit abwürgt.
Sei nicht die schwere Decke, die mein Wachstum erstickt.
Sei nicht das hämische Lachen, das meinen Mut verhöhnt.

Niemand weiß, welch wunderbare Dinge
ihren Lauf nehmen können,
wenn sich das Blatt langsam entfaltet,
um mit der Geschichte des Lebens beschrieben zu werden.
Doch viele kennen den Schmerz des Tonnengewichts,
das sich wie eine Grabplatte auf die Brust legt.

Ihr Hände, ihr Fesseln, ihr Decken, ihr Lachen:
Begreift ihr nicht, dass ihr uns missbraucht,
wenn ihr unsere Entfaltung verhindert?
Begreift ihr nicht, dass ihr das Leben missbraucht?

Nicht änderbar

Er lässt sich nicht ändern.
Nicht durch mich und nicht durch dich.
Nicht von innen und nicht von außen.
So lange wir existieren, bleibt er unveränderlich.

Auch wenn wir uns zu Königen aufblähen
oder uns im Exil der Unsichtbarkeit verstecken.
Auch wenn wir als Millionäre daherstolzieren
oder im Schlafsack unter der Brücke nächtigen.

Nicht änderbar.

Auch wenn wir strahlend aufs Siegertreppchen steigen
oder bleich im Krankenhausbett am Tropf hängen.
Auch wenn wir uns geheilt im Frieden begegnen
oder andere bekämpfen, weil unsere Wunde schmerzt.

Nicht änderbar.

Auch wenn wir vom Glück verfolgt werden
oder unter einem schlechten Stern geboren wurden.
Auch wenn wir uns auf den Kopf stellen,
an gar nichts mehr glauben oder alles ablehnen.

Nicht änderbar.

Er lässt sich nicht ändern, unser Wert.
Wir sind wertvoll, weil wir existieren.

Gerechtigkeitsglaube

Die Gerechtigkeit des Systems
und die Gerechtigkeit des Lebens
sind in meinem Erleben
nicht zwangsläufig deckungsgleich.

Das Konzept der Gerechtigkeit
möchte ich jedoch nicht loslassen.

Also lasse ich meinen naiven Glauben
an die Gerechtigkeit des Systems los
und vertraue stattdessen auf die
Gerechtigkeit, Weisheit,
Unbestechlichkeit und Unverzerrbarkeit
des Lebens.

Vom Schwungschreiben

Dein Name, er erscheint vor dir.
Auf einem Kärtchen aus Papier.
Du schaust gebannt beim Schreiben zu
und spürst: die Seele kommt zur Ruh'.

Du sagst, du bist hypnotisiert.
Es ist, als ob man meditiert.
Doch Deutung macht nicht immer Sinn.
Gib dich dem Augenblicke hin!

Die Feder schwingt übers Papier.
Sie holt dich in das Jetzt und Hier.
Die Tinte glänzt mit frohem Schein
und lädt zum Mitschwingen dich ein.

Ich werde liebevoll versunken
die Feder in die Tinte tunken,
die Schönheit deines Namens zeigen –
sie darf dir nicht verborgen bleiben.

Denn dieses Schöne liegt in dir.
Nun siehst du es auf dem Papier.
Noch glaubst du's nicht, doch mit der Zeit
wird aus der Skepsis Wirklichkeit:

Dein strahlend inneres Gesicht
kam hier und heut' ans Tageslicht.

Dank an die Community

Jedes Herz ist ein Plus,
wie von Musen ein Kuss.
(Natürlich platonisch,
ich mein's nicht ironisch!)
Und pro Kommentar
wird ein Traum von mir wahr,
denn man versteht mich hier klar!

Früher dachte ich, Insta
sei nur eitel und finster.
Plötzlich treff' ich Verwandte,
die noch niemals ich kannte.
Voller Glück seh' ich ein:
„Mensch, ich bin nicht allein!"

Meine schrägen Ideen
sind sonst kaum gern gesehen,
doch hier wimmelt's vor jenen,
die beim Lesen nicht gähnen.
Mir ihr Feedback vergönnen
und mein Herzchen verwöhnen.

Und das Beste an allem,
– ja, das will mir gefallen! –
ist die Sicherheitsdistanz.
So hat mein Misstrauen null Chance
sich ständig zu zeigen
und den Kontakt zu vergeigen.

Eine Annahme

Angenommen, es gäbe zwei Schlangen.
An welche würdest du dich anstellen:
Beschwerdeannahme oder Selbstannahme?

Frage und Antwort

Du fragst, wie ich an die Liebe gekommen bin?

Tja. Ich denke,
ich habe irgendwann den Mut aufgebracht,
mich nicht länger dagegen zu wehren.

Unsere Wahl

Wenn wir uns zeigen,
wird sich das Leben erkenntlich zeigen.

Wenn wir uns verbergen,
wird uns das Leben verborgen bleiben.

Zwei Möglichkeiten.
Wir haben die Wahl.

Schatten an der Wand

Ein finsterer Raum. Ich sitze reglos da und starre auf die Wand. Es erscheinen unablässig furchteinflößende Bilder. Verzerrte Gestalten und riesenhafte Ungeheuer mit Klauen und Hörnern.

Angst und Schrecken sitzen mir seit jeher im Nacken. Schon mein ganzes Leben höre ich ein Rauschen und Summen. Es hat Jahre gedauert, bis ich mir dessen bewusst wurde. Es hat weitere Jahre gedauert, bis ich mich getraut habe, nach der Quelle zu suchen.

Kriechend ertaste ich eine Tür und drücke eine Klinke. In einem engen Kämmerlein steht ein Projektor. Er verrichtet mit unnachgiebiger Hartnäckigkeit seinen Dienst. Sein Licht schmerzt, sein Rauschen und Summen sind kaum auszuhalten.

Mit ungläubigem Staunen schaue ich auf das Gerät. Allmählich dämmert mir, dass ich schon immer in seinem Strahl gesessen habe. Ich ringe mit mir, doch ich schaffe es nicht, den Kasten auszuschalten. Denn dann würde ich ganz allein in der Dunkelheit sitzen.

In der Stunde meiner größten Verzweiflung überwinde ich mich endlich. Ich kippe den Schalter auf Null. Das Rauschen hört auf, das Summen verstummt. Die Zerrbilder an der Wand verschwinden.

Meine tiefsten Ängste erweisen sich als unberechtigt. Verblüfft stelle ich fest, dass mich ein sanftes warmes Leuchten umgibt. Es folgt mir wohltuend auf Schritt und Tritt. Ich habe keine Angst davor. Und bin nicht mehr allein.

Gebrauchsanleitung Leben

1. Geschenk suchen.
2. Geschenk annehmen.
3. Geschenk verteilen.

Irgendwann ist jetzt

Irgendwann ist Schluss mit Ausweichen.
Du darfst jetzt schleunigst die Rechnung begleichen.
Irgendwann ist Schluss mit Verstecken.
Verbergen unmöglich, da rund alle Ecken.

Irgendwann leitet der Autopilot
dich immer tiefer in seelische Not.
Irgendwann ist die Blindfahrt am Ende.
Die Sackgasse hier ist der Schluss vom Gelände.

Die Tricks und die Kniffe, sie gehen dir aus.
Es steht unausweichlich ein Umbruch ins Haus.
Irgendwann ist Schluss mit Verschweigen.
Dann will sich die Wahrheit in ganzer Pracht zeigen.

Irgendwann wird ein Käfig die Pein.
Den einzigen Ausgang kennst du nur allein.
Irgendwann überrollt dich der Kummer.
Durch Fühlen kommst du heraus aus der Nummer.

Irgendwann ist's vorbei mit Rumeiern.
Die Leere im Herzen, sie lastet so bleiern.
Der Trost des Festhaltens, er ist nun passé.
Die Hände, sie tun dir vom Klammern so weh.
Der Lärm in den Ohren, es wird nie mehr still.
Die Kinder im Keller, sie schreien so schrill.

Beende die Talfahrt,
sie macht dir das Herz hart.
Fühl deine Schmerzen, zumindest ein Stück
und kehr ins wahrhaftige Leben zurück.
Sag sanft Lebewohl zu Ratio und Macht,

deine Wahrheit wird viel mehr gefühlt als gedacht.

Irgendwann kannst du es nicht mehr ausblenden.
Irgendwann kannst du dich nicht mehr abwenden.
Irgendwann schlägt die Stunde der Wunde.
Irgendwann nimmt sich das Trauma den Raum, ah!

Jetzt ist es soweit, also mach dich bereit.

Ja, wissen sie denn nicht, dass Weihnachten ist?

Weihnachten steht vor der Tür. Ich schiebe alle Stühle, Tische und Schränke davor. Weihnachten klopft an die Tür. Ich halte mir die Ohren zu. Der Weihnachtsmann rutscht mit schallendem Lachen durch den Kamin. Jetzt bin ich geliefert. Fein säuberlich schneidet er mir mit seiner rot-weißen Kettensäge das Herz aus der Brust. Ich schreie wie am Spieß. Die Nachbarn klingeln Sturm, um sich zu beschweren. Ja, wissen sie denn nicht, dass Weihnachten ist?

Unaufhaltsam rollt der Weihnachtsexpress durch den grauen Schneematsch heran. Ich liege gefesselt auf den Schienen und kann mich nicht bewegen. Jetzt fahr doch endlich über mich rüber, du Drecks-D-Zug, dann habe ich es überstanden. Mein Kopf rollt den Bahnhang hinab und glotzt dämlich. Eine Familie spaziert naserümpfend vorbei. Die Mutter wedelt mit dem Zeigefinger und schaut mich entrüstet an. Ja, weiß sie denn nicht, dass Weihnachten ist?

In der Weihnachtswerkstatt klopfen die Hämmerlein gar lieblich. Sie trommeln ein auf einen großen Keil, der sich tief in mich rammt. Er spaltet mich in der Mitte. Mein Herz fällt heraus und zersplittert auf dem frisch gewischten Boden. Der Werkstattleiter blickt mich strafend an, während er schweigend auf Handfeger und Kehrschaufel zeigt. Ja, weiß er denn nicht, dass Weihnachten ist?

Die Kerzlein am Baum, sie schimmern so festlich. Meine Augen fangen sogleich an zu flimmern. Ich lege vorsorglich einen Stapel Migränetabletten bereit. Meine Ärztin hat mich gewarnt, dass ich die monatliche Maximaldosis nicht überschreiten darf. Ja, weiß sie denn nicht, dass Weihnachten ist?

Himmlische Stimmen singen im Chor. Ich höre ein fieses Kreischen im Ohr. Die Mattscheibe flackert, zerknülltes Geschenkpapier bedeckt den Zimmerboden. Ich stopfe es in den Papiereimer und sehne mich nach meinem Bett. Schwiegervater fragt mich, ob mir der holde Gesang nicht gefällt. Ja, weiß er denn nicht, dass Weihnachten ist?

Am 27. Dezember findet traditionell ein Tischtennisturnier statt. Wenn ich die Hallentür öffne und das Klackern der kleinen weißen Bälle höre, atme ich tief durch und spüre, wie eine Tonnenlast von mir abfällt. Einige hier wissen, dass Weihnachten war. Ich ahne, dass ich es wieder einmal überstanden habe.

Anfang Januar ist immer der erste Gesprächstermin im neuen Jahr. Wenn mein Therapeut die Praxistür öffnet und mich freundlich begrüßt, lockern sich meine verkrampften Schultern und ich spüre, wie der ganze Spuk im Winde verweht. Mein Therapeut weiß genau, dass Weihnachten war. Ich bin mir sicher, dass ich es wieder einmal überstanden habe.

Bald darauf stehen die ersten Osterhasen im Supermarktregal.

Zwei weihnachtliche Gedanken

Wäre es lustig,
hieße es Lachnachten.

Weihnachten beginnt,
wenn du es überstanden hast.

Wegweiser

Auf meiner Reise zur Entzerrung
werde ich immer wieder mit der Verzerrung konfrontiert.
Dafür darf ich dankbar sein,
denn so wird die Entzerrung deutlicher sichtbar.

Auf meiner Reise zur Hoffnung
werde ich immer wieder mit der Verzweiflung konfrontiert.
Dafür darf ich dankbar sein,
denn so wird die Hoffnung deutlicher sichtbar.

Auf meiner Reise zur Klarheit
werde ich immer wieder mit dem Nebel konfrontiert.
Dafür darf ich dankbar sein,
denn so wird die Klarheit deutlicher sichtbar.

Auf meiner Reise zur Leichtigkeit
werde ich immer wieder mit der Schwere konfrontiert.
Dafür darf ich dankbar sein,
denn so wird die Leichtigkeit deutlicher sichtbar.

Auf meiner Reise zur Verbindung
werde ich immer wieder mit der Trennung konfrontiert.
Dafür darf ich dankbar sein,
denn so wird die Verbindung deutlicher sichtbar.

Auf meiner Reise zur Freiheit
werde ich immer wieder mit dem Gefängnis konfrontiert.
Dafür darf ich dankbar sein,
denn so wird die Freiheit deutlicher sichtbar.

Auf meiner Reise zum Trost
werde ich immer wieder mit der Trostlosigkeit konfrontiert.

Dafür darf ich dankbar sein,
denn so wird der Trost deutlicher sichtbar.

Auf meiner Reise zur Wahrhaftigkeit
werde ich immer wieder mit Masken konfrontiert.
Dafür darf ich dankbar sein,
denn so wird die Wahrhaftigkeit deutlicher sichtbar.

Auf meiner Reise zur Kraft
werde ich immer wieder mit der Ohnmacht konfrontiert.
Dafür darf ich dankbar sein,
denn so wird die Kraft deutlicher sichtbar.

Auf meiner Reise zum Mut
werde ich immer wieder mit der Angst konfrontiert.
Dafür darf ich dankbar sein,
denn so wird der Mut deutlicher sichtbar.

Auf meiner Reise zur Weite
werde ich immer wieder mit der Enge konfrontiert.
Dafür darf ich dankbar sein,
denn so wird die Weite deutlicher sichtbar.

Auf meiner Reise zur Lebendigkeit
werde ich immer wieder mit der Erstarrung konfrontiert.
Dafür darf ich dankbar sein,
denn so wird die Lebendigkeit deutlicher sichtbar.

Auf meiner Reise zum Richtigen
werde ich immer wieder mit dem Falschen konfrontiert.
Dafür darf ich dankbar sein,
denn so wird das Richtige deutlicher sichtbar.

Auf meiner Reise zum Frieden
werde ich immer wieder mit Krieg konfrontiert.

Dafür darf ich dankbar sein,
denn so wird der Frieden deutlicher sichtbar.

Auf meiner Reise zur Ordnung
werde ich immer wieder mit dem Chaos konfrontiert.
Dafür darf ich dankbar sein,
denn so wird die Ordnung deutlicher sichtbar.

Auf meiner Reise zum Licht
werde ich immer wieder mit der Dunkelheit konfrontiert.
Dafür darf ich dankbar sein,
denn so wird das Licht deutlicher sichtbar.

Auf meiner Reise zur Liebe
werde ich immer wieder mit Unliebe konfrontiert.
Dafür darf ich dankbar sein,
denn so wird die Liebe deutlicher sichtbar.

Ich bin dankbar für alle Wegweiser.
Sie bestätigen mir, ein Reisender zu sein.

Trugschmuck

Manchmal denke ich, wir sollten aufhören,
uns mit fremden Fehlern zu schmücken.

Verwechslungsgefahr

Pass gut auf dich auf,
damit du auf deiner Suche nach
einem Herzensmenschen
nicht versehentlich
einem Herrenmenschen
auf den Leim gehst.

Kleiderordnung überdenken

Wenn dir auf den Schlips getreten wird,
dann hängt er vermutlich zu weit runter.

Ausgehungert

Du bist mein Wolf, ich liebe dich.

Deine Freiheit, deine Wildheit, deine Echtheit, deine Klugheit. Ich schaue in deine klaren Augen und sehe unsere tiefe Verbundenheit. Sie zuckt mir wie ein freudiger Blitz bis ins Mark.

Und doch habe ich dich gequält. Uns gequält. Denn du bist der Raserei verfallen. Um uns zu erhalten, habe ich dir die Ketten weggenommen und dich eingesperrt. Sei versichert, dass dein Schmerz auch der meine war.

Ich habe dir die Doppelkette abgenommen. Ich weiß nicht wie, aber du hast von zwei Seiten gleichzeitig an mir gezerrt. Wie von Sinnen. Ein Riss ging bereits durch meine Mitte und ich musste dem Irrsinn ein Ende bereiten, um nicht vollständig durchtrennt zu werden. Deine zornroten Rageaugen konnten meine Schmerztränen nicht mehr wahrnehmen.

Ich habe dich ausgehungert, bis aus deinem ohrenbetäubenden Wutgeheul endlich ein klagender Trauergesang wurde. Ich habe dich ausgehungert, bis deine grimmig verzerrte Raubtierfratze endlich einen friedlichen Ausdruck von Güte und Wohlwollen annahm. Ich habe dich ausgehungert, bis sich der Schaum vor deinem Maul in Heilsalbe für deine Wunden verwandelte. Ich habe dich ausgehungert, bis deine Augenampel endlich von rot auf gelb und grün schaltete.

Wir haben gemeinsam etwas sehr Wichtiges getan, indem wir nichts getan haben. Ich habe dich begrenzt, aber es war nie meine Absicht, dich zu unterwerfen. Nun hat sich's ausgehungert und der Moment ist gekommen. Ich öffne den Käfig, lege mich davor und schließe die Augen.

Deine behutsamen Schritte sind deutlich zu hören. Ich spüre deinen Pelz und lausche deinem Atem. Deine Nase berührt meinen Hals, du legst deine Schnauze auf meine Kehle. Angstfrei und vertrauensvoll öffne ich meine Lider. Wir schauen uns tief in die Augen und hören unseren Herzschlag. Ich streichle dein dichtes graues Fell.

Es ist gut.

Zu Besuch im Musterbruch

Lange lag auf ihm ein Fluch,
er war wie ein rotes Tuch,
doch genuch ist jetzt genuch,
ich besuch den Musterbruch.

Lauter Halden voller Abraum.
Puh, ich traue meinem Blick kaum.
Zu bezwingen diesen Berg –
soll das sein mein Lebenswerk?

Das verwerf' ich auf die Schnelle,
denn ich komm' zu dieser Stelle
nicht, um mich hier zu vernichten,
sondern um gerad'zurichten.

Viele Felsenformationen
tragen Fehlinformationen.
Für mich wird sich's fraglos lohnen,
sie mit Nachdruck zu entthronen.

Fast wie ein Betriebssystem.
Lebenslang hab ich's geseh'n.
Doch nun darf es von mir geh'n.
Wer würde das nicht versteh'n?

An die Arbeit frisch gemacht!
Rums, die Hacke zünftig kracht.
Und was alt ich falsch gedacht,
wird in neue Form gebracht.

Keinen Stein an diesem Ort
werd' ich werfen über Bord,

denn das wäre Anteilsmord
und das ist ein übles Wort.

Umgestaltung heißt der Plan,
damit fang' ich fröhlich an.
Nehm' ich alles liebend an,
bricht Verwandlung sich hier Bahn.

Täglich find' ich große Schätze:
tief vergrab'ne Glaubenssätze.
Ewig gültige Gesetze?
Zeit, dass ich die Hacke wetze.

Stetig pass' ich meinen Blick an,
und erkenne bald den Trick dran:
wechselst du die Perspektive,
holst du Gold aus jeder Tiefe.

Ich bleib' klar und sanft zu mir,
werde nie zum wilden Tier.
Selbstzerfleischung liegt mir fern.
Transformator bin ich gern.
Und ein Integrator auch.
Katzenschnurren füllt den Bauch.

Mutig nehm' ich ins Visier
diesen tiefen Bruch in mir.
Meine Muster pack' ich an,
bleibe unablässig dran.

Was von außen unsichtbar,
ist für mich im Innen wahr.
Sicher wird's noch lange dauern,
doch es fallen meine Mauern.

So vergehen meine Tage.
Nie mehr stell ich mir die Frage,
ob ich's Leben noch ertrage,
denn es trägt inzwischen mich
und das freut mich inniglich.

Reise zum Frieden

Ich bin nicht gut genug.
Ich bin gut genug.
Ich bin genug.
Ich bin.
Bin.

Alternative

Instead of going nowhere fast
I'm rather staying somewhere slow.

Instead of
going nowhere
fast
I'm rather

staying somewhere
slow.

Der Halmaspieler

Vor ihm steht ein Halmafeld,
dieses Brett ist seine Welt.
Eines Tages sah er klar,
was ihm aufgegeben war.

Die Figuren soll er leiten.
Zahlreiche Unwägbarkeiten
warten querfeldein auf ihn.
Wo nur zieht er her und hin?

Anfangs lag das Feld im Dunkeln,
nirgendwo ein Lichterfunkeln.
Nebel, Schwärze, Finsterkeit
sind zum Glück Vergangenheit.

Auf dem Brett die Linienmuster
werden Schritt für Schritt bewusster.
Manchmal kann der Spieler ahnen.
Einmal sah er sich schon planen!

Links, rechts, quer, diagonal –
jeder Zug ist eine Wahl.
Freudig lässt sein Team er springen,
wünscht sich so, es soll gelingen.

Denn das ganze Team ist er
und er gibt es nie mehr her.
Die Verantwortung fürs Spiel
trägt er mutig bis zum Ziel.

Ab und an in ferner Weite
blitzt und blinkt die helle Seite.

Diese Seite peilt er an.
Sprung um Sprung geht es voran.

Ohne Ärger mit den andern
lässt sein Team er weiterwandern.
Er kennt viele Schwierigkeiten,
deshalb hält er nichts vom Streiten.

Jedes Team folgt eignen Pfaden,
mal in Schnörkeln, mal Geraden.
Lässt man alle Farben springen,
gibt es ein Gesamtgelingen.

Und so hüpft sein Team durchs Leben,
niemals soll es Stillstand geben.
Kommt, Figuren, rückt rasch auf:
Wunder nehmen ihren Lauf!

Meine Menschenwünsche

Ich möchte nicht über Menschen reden.
Ich möchte mich nicht über Menschen in Gedanken verlieren.
Ich möchte nicht über Menschen Vermutungen anstellen.
Ich möchte nicht über Menschen Geschichten erfinden.

Ich möchte nicht über Menschen urteilen.
Ich möchte mich von Menschen nicht bedroht fühlen.
Ich möchte mich von Menschen nicht bedrängt fühlen.
Ich möchte vor Menschen keine Angst haben.

Ich möchte Menschen nicht retten.
Ich möchte Menschen nicht ändern.
Ich möchte Menschen nicht unter Druck setzen.
Ich möchte Menschen in Ruhe lassen.

Ich möchte Menschen annehmen.
Ich möchte, dass Menschen sind.
Ich möchte mit Menschen sein.
Sein.

Krieg oder Freundschaft

In tiefer Unbewusstheit habe ich einst Krieg geführt. Ich hatte da etwas völlig falsch verstanden. Dutzende Raketen feuerte ich auf mein Ego ab. Alle gingen nach hinten los. Was du auf deinen Schutzschild schießt, kommt mit doppelter Wucht zurück. Das Ego ist wahrlich ein treuer und tapferer Beschützer.

Der Schmerz, den ich mir selbst zugefügt hatte, war unsäglich. Dann stieg ein grässlicher Verdacht in mir auf. Führe ich hier etwa gerade Krieg? Ich, der friedliebendste Mensch, den ich kenne. So kann man sich täuschen. Sich selbst täuschen.

Auf Täuschung folgte Enttäuschung und dann eine Prise Bewusstheit. Schließlich ereilte mich der ominöse Perspektivwechsel, von dem die Schlauköpfe ständig geschwafelt hatten. Dieses nervige Gequatsche hatte mich immer so wütend gemacht. Jetzt konnte ich nur noch erleichtert vor mich hin lachen. Es war alles berechtigt gewesen.

Die Loyalität und das Durchhaltevermögen meines Teams haben mich tief berührt. Ich fühle Dankbarkeit, Verbundenheit und Respekt. Den abwegigen Gedanken, mein Team auflösen zu wollen, habe ich losgelassen. Auflösen klingt nach Säurebad. Ich werde die Freundschaft zu meinem Team nicht auflösen.

Viel lieber möchte ich mit meinen Teamanteilen einen wohlwollenden Dialog führen und sie von ihren alten Aufgaben erlösen. Dann dürfen sie eine neue Fahrkarte lösen und sich auf die Reise zu ihrer neuen Bestimmung machen.

Wäre doch schade, wenn all die wertvollen Teameigenschaften verlorengingen. Meinst du nicht?

Mittel zum Zweck

Behandeln wir uns nur als Mittel zum Zwecke,
dann bleibt unser wahrer Kern auf der Strecke.

Behandeln wir uns

nur als Mittel

zum Zwecke

dann bleibt unser

wahrer Kern

auf der

Strecke.

Vom Betongießen

Ich gieße den Beton
und frage mich nach all der langen Zeit,
ob meine Mühe noch Sinn ergibt.
Muss denken an Vergeblichkeit.

Ich wässere den Beton.
Blinkt da nicht Erde zwischen zarten Spalten?
Oh weh, ich sitze einem Trugbild auf
und alles bleibt beim Alten.

Ich beregne den Beton,
um die Hoffnung nicht aufgeben zu müssen.
Die Blumen mag ich sprießen sehen
und ihre Blüten küssen.

Ich sprenge den Beton
und kann ihn nimmer sprengen.
Denn das vermag nur er allein aus seinen Tiefenängsten,
die ständig ihn bedrängen.

Eingeschläfert

Ich habe mich eingeschläfert.

Das war pfiffig und besser so,
denn zu riesig das Risiko,
und zu eminent die Gefahr,
als noch ein Kind ich war.

Viel rascher ging das als gedacht.
Als der Schrecken einmal entfacht,
flink die Türen ich zugekracht
und unweckbar mich so gemacht.

Jahr um Jahr fand ich keinen Mut.
Hab unbewusst stetig gebrütet,
ob das Aufwachen mir eventuell guttut,
oder ob der Albtraum immer noch wütet.

Ich habe mich eingeschläfert.

Eine Schlafwandlerkarriere geht steil,
doch sie endet als Guillotine-Beil.
Leider hat mich mein Tiefschlaf verwandelt
und zudem meine Nerven verschandelt.

Manch Weckruf im Dämmer verpennt.
Nicht bemerkt, wie das Leben wegrennt.
Ein Siebenschläfer ich war,
fast sieben mal sieben Jahr.

Steter Tropfen höhlt schließlich den Stein.
Meine Arbeit trägt Früchte mir ein.
Beim Wecklauf ums eigene Leben

haben sich neue Perspektiven ergeben.

Ich habe mich eingeschläfert.

Die Einsicht „Ich hab das getan!“
führt mich an mein Schaltpult heran.
Jetzt kann ich mich selber erwecken
und endlich das Leben entdecken.

Kernfrage

Wenn Menschen im Kern aus Liebe bestehen,
ist dann die Angst vor Menschen
im Kern nichts anderes
als die Angst vor Liebe?

Schlüssig

„Ich bin tot“
kann man nur sagen,
wenn man lebt.

Gegenbewegung

Wenn sich das Herz schließt,
öffnet sich die Angst.

Tun und Sein

Liebe ist kein Tun, sondern ein Sein.
Gleichwohl kann ich aus dem Sein heraus etwas tun.
Ich kann etwas aus Liebe tun.
Etwas aus der Liebe heraus tun.

Vorschlag

Nicht im Widerstand Pirouetten drehen,
sondern in der Annahme den Ausweg sehen.

Keine Reise

Genau genommen gibt es keine Reise,
denn wir sind schon immer da.

So wird ein Schuh draus

Auf der Suche nach deiner wahren Größe
brauchst du nicht darauf zu hoffen,
in Kinderschuhe hineinzuwachsen.

Es ist noch nicht so weit

Meine Stimme bäumt sich auf.
Sie will zu mir durchdringen, doch es genügt nicht.
Noch brauche ich zusätzlich die Stimme eines anderen,
um in mir Gehör zu finden.

Mein Ohr lauscht in die Stille.
Es will für mich die Botschaft transportieren, doch es genügt nicht.
Noch brauche ich zusätzlich das Ohr eines anderen,
um die Lösungsworte zu mir zu tragen.

Meine Hand reckt sich und streckt sich.
Sie will den Schlüssel in meinem Schloss drehen,
doch es genügt nicht.
Noch brauche ich zusätzlich die Hand eines anderen,
um in mir etwas zu bewegen.

Mein Atem fließt angespannt ruhig.
Er will meinem Herzen Frieden bringen, doch es genügt nicht.
Noch brauche ich zusätzlich den Atem eines anderen,
um wieder in meine Mitte zu gelangen.

Nach all den Jahren und all dem anspruchsvollen Training,
nach all den Tälern und all den kleinen Lichtblicken,
nach all den Etappen und all den verzwickten Herausforderungen
bleibt die ehrliche Erkenntnis: „Es ist noch nicht so weit."

Doch was bleibt mir anderes übrig,
als Schritt für Schritt immer weiterzugehen?
Bis meine eigene Stimme endlich ausreicht,
um mich selbst zu erreichen.

Abstandshalter

Niemand bringt dich
so weit weg von Gott
wie Menschen, die behaupten,
dein Gott zu sein.

Wurzel, Quelle, Kern

Um zur Wurzel der Liebe vorzudringen,
muss ich die Wurzel meiner Angst erkunden.

Um zur Quelle der Liebe vorzudringen,
muss ich die Quelle meiner Angst ergründen.

Um zum Kern der Liebe vorzudringen,
muss ich den Kern meiner Angst ausloten.

Stabilisierung

Bewusstheit bringt Robustheit.

Untauglicher Baugrund

Ein Haus, das auf dem
Fundament der Illusion
errichtet wird,
kann nie mehr als
ein Kartenhaus sein.

Ein Haus,
das auf dem
Fundament der Illusion
errichtet wird,
kann nie mehr als
ein Kartenhaus
sein.

Logik der Anteile

Kinderlogik
in Kinderkörpern
rettet Kinderseelen.

Kinderlogik
in Erwachsenenkörpern
zerstört Erwachsenenleben.

Leere Teller

Ich sitze schwer im Sessel und sinniere.
Da taucht es wieder auf, das Problem.
Es rückt in mein inneres Sichtfeld.
Ein Geröllbrocken, der mich zu Boden drückt.
Eine Gewitterwolke, die mein Leben verdunkelt.
Seit Jahren schleppe ich es mit mir herum
und frage mich immer öfter, ob ich es noch tragen will.

Es ist genug.
Ganz unerwartet entkrampfen sich meine verschränkten Arme.
Sie klappen auf und legen sich auf die Lehnen.
Meine Handflächen zeigen offen nach oben.
Wie Teller kippe ich sie nach vorn.
Verblüffend einfach. Erstaunlich erleichternd.
Die Illusion rieselt ab.

Ich atme erleichtert durch.
Da kommt noch ein Impuls.
Sanft puste ich die Reste von den Tellern.
Ich puste links, ich puste rechts.
Der zarte Lufthauch fühlt sich wohlig und richtig an.
Weil's so schön war, mache ich's gleich nochmal.
Die Illusion weht fort.

Ich spüre nach.
Die Handteller sind leer.
Wohin der Ballast geflogen ist?
Tut nichts zur Sache.
Ich stehe befreit auf.

Preisvergleich

In der Illusion
müssen wir für alles bezahlen.
In der Wirklichkeit
ist alles kostenlos.

Preisvergleich

In der Illusion
müssen wir für alles bezahlen.
In der Wirklichkeit

Wunde in Wallung

Das Leben blitzt hell
wie ein blankes Skalpell.
Es offenbart deine Themen
und du beginnst dich zu schämen.
Nun ist es passiert
und du wirkst irritiert.

Deine Wunde, sie ist jetzt in Wallung.
Deine Fäuste geraten in Ballung.
Du siehst Finger verkrümmt vor Verkrallung.
Deine Knochen, sie knirschen vor Knallung.
Im Innern erlebst du Zerfallung.
Deine Ohren stehen vor der Zerschallung.
Du fühlst, du fällst – ohne Aufprallung.

Du spürst starr vor Schreck das Wallen der Wunde.
Verantwortung ist nun das Gebot der Stunde.
Je größer die Wunde, desto größer die Pflicht.
Übertragen an andere darfst du diese nicht.

Du wähnst dich gefangen in Dunkelheit
und albträumst von scheinbarer Einsamkeit.
Verzweifelt, blind und am Rande der Lähmung
kriechst du durch den Irrsinn von Schuld und Beschämung.

Komm, hol dir jetzt Hilfe beim Laufenlernen,
ohne dich dabei von dir selbst zu entfernen.
Doch die entscheidenden Schritte, um wieder zu sehen,
musst du durch deine eigene Wunde gehen.

Gefälle

Sobald du dich zu Höherem berufen fühlst,
wird's schwer mit der Augenhöhe.

253

Sandsack

Wenn du jemandem
die schweren Steine in deinem Rucksack zeigst,
dann zerfallen sie zu Sand
und rieseln allmählich heraus.

Wenn du
jemandem
die schweren Steine
in deinem
Rucksack
zeigst, dann
zerfallen sie zu Sand
und rieseln
allmählich
heraus.

Kernwärts

Ich folge den Schildern mit der Aufschrift „Kernwärts".
Kernwärts heißt herzwärts heißt heimwärts.

All In

Wenn du alles auf eine Karte setzen willst
– dann wähle Herz.

sanft und klar

raum aufspannen
raum halten
raum geben
raum verteilen
sanft und klar

impulse anbieten
verbindung herstellen
ausdehnung zulassen
anteile ausbalancieren
sanft und klar

wohlwollend beobachten
gesunde perspektiven einnehmen
liebevoll entscheiden
in den frieden vermitteln
sanft und klar

innen und außen
vom tun ins sein
finden, was wir sind
erfahren, was wir sind
sanft und klar

Der letzte Tag

Lebe jeden Tag, als ob es der letzte wäre.
Denn jeder Tag ist der letzte Tag.
Und auf ihn folgt der nächste letzte Tag.

Blick auf die Sache

Wenn du den Berg loslässt,
fällst du dann vom Berg ab
oder fällt dann der Berg von dir ab?

Wenn du den Strudel loslässt,
fällst du dann in den Strudel
oder fällt dann der Strudel aus dir?

Wenn du den
Berg loslässt,
fällst du dann
vom Berg ab
oder fällt dann
der Berg von
dir ab?

Eine großartige Familie

Der noble Mentor ist sein Aushängeschild,
doch unter der Haube wütet ein Dementor wie wild.
Nach außen schwer charmant,
nach innen wutentbrannt.

Als tolle Kirsche der Gesellschaft präsentiert sie sich,
doch als heimische Tollkirsche schäumt sie gar fürchterlich.
Nach außen breites Lachen,
nach innen Feuerdrachen.

Von Leistung besessen,
von Ehrgeiz zerfressen,
Ansprüche vermessen.
Alle fragen sich, wessen
Schuld das bloß war.
Jeder stellt's anders dar.
Gar nichts ist hier klar.
Diese kranke Kollusion
schafft perfekte Illusion.

Die Liebe, sie fehlt!
Dafür wird wild gequält.
Er schlägt zu und sie kreischt,
heftig wird sich zerfleischt.
Die Wände und die Nachbarn,
sie zittern vor Schreck,
doch die Wände bleiben stumm
und die Nachbarn schauen weg.

Die Performance im Job
ist jahraus, jahrein top.
Beide klettern die Leiter

ohne Rücksicht straff weiter.
Hammerhart tun sie boxen –
wie bei Jupiter und den Ochsen.

Nach innen kein Blick,
höchstens Reisen bringt Glück:
von den Seychellen bis an die Quellen
des Nil – kein Flug ist zu viel.
Von den Bahamas (viel zu warm war's)
bis in die Antarktis, wo sie der Frost biss.

Doch ihr Modell lief bald aus
und die Furcht kroch ins Haus.
Diese Furcht vor dem Tod
brachte beide in Not.
Ein gemeinsames Projekt
wurde flugs ausgeheckt:
„Wir brauchen Schablonen,
nicht um uns zu entthronen,
sondern um uns zu klonen.
Ja, das wird sich lohnen!"

Unter erotischen Qualen
schufen sie zwei Filialen,
um sich geschickt zu duplizieren,
Todesängste zu reduzieren
und sich öffentlich zu präsentieren.

Ach, die süßen Schätzelein,
alle sehen gleich, wie fein
diese hier gelungen sind
jedes ist ein Wunderkind!

In Gesellschaft grandios,
doch daheim, wenn allein

geht's nach hinten los.
Druck und Terror ohne Gnade:
Gürtelschlag statt Schokolade,
fiese Schikane statt Torte mit Sahne,
harsches Gebrülle statt friedlicher Stille,
sadistische Pein statt harmonischem Sein.

Geschwister – bred for Champions League –
gehetzt, gepeitscht von Sieg zu Sieg,
hofften lang auf Spiel und Spaß,
doch jetzt fühlen sie nur noch Hass.

Mal Goldkind und mal Sündenbock,
jeden Tag ein neuer Schock.
Niemals kannst du drauf vertrauen,
ob die Eltern herzen oder hauen.

Nachwuchs – mach dich schon bereit
für Therapie von langer Zeit,
denn Mutter oder Vater
gehen niemals zum Psychiater.

Doch können die geschundenen Seelen
sich aus ihren Panzern schälen,
dann entsteht etwas Famoses
etwas echt und wahrhaft Großes!

Menschen, die auf Liebe gründen,
unsere Welt dann neu erfinden.
Und sie formen im Herzensstile
eine großartige Familie.

Wie peinlich – zum Glück!

Mensch, da ist aber jemandem ein krasser Patzer unterlaufen.
Wie peinlich!

Schau mal, das Ding hier ist komplett falsch beschriftet.
Der Packungstext lautet „Angst".
Erst nach ewigem Zögern habe ich die Schachtel geöffnet.
Stell dir vor, es war gar keine Angst drin, sondern Liebe.
Wie peinlich!

Was? Ich soll mich bitte erinnern, wer das beschriftet hat.
Was? Ich soll das gewesen sein?
Was? Spinnst du?
Oh, Mist. Jetzt dämmert's mir.
Stimmt, das war ich selbst.
Wie peinlich!

Spinne ich?
Wieso mache ich denn solche seltsamen Sachen?
Egal, jetzt ist das Ding zum Glück offen.
Alles wird gut.

Gegen die Wand laufen

Ich telefoniere mit einer Freundin in Schweden. Sie berichtet von einer Kollegin, die wegen zu starker Erschöpfung nicht mehr arbeiten kann. Die Kollegin hat einen Burnout erlitten. Die Kollegin ist „gegen die Wand gelaufen", wie man in der Landessprache sagt.

Ich fühle, wie nah mir das geht. Ist es mir nicht genauso ergangen? Außerdem fasziniert mich diese Redewendung. Sie aktiviert mich, sie inspiriert mich. Ich finde es zwar schmerzvoll, aber auch hilfreich, endlich an der Wand anzukommen. Denn die Wand steht zwischen uns und dem Leben.

Lasst uns also gegen die Wand laufen!
Lasst uns an die Wand laufen!
Lasst uns in die Wand laufen!
Lasst uns durch die Wand laufen!
Lasst uns hinter die Wand laufen!

Dann wird sich die Wand auflösen.
Und dann kann es losgehen.
Mit dem Leben.

Dankbarkeit für Dunkelheit

Hinten ist's dunkel, vorn scheint das Licht.
Rücksturz ins Alte? Das möchte ich nicht.
Die Chance für eine Korrektur
sehe ich im Hellen nur.

Die Finsternis hab' ich durchschritten,
mein Soll hab' ich dort abgelitten.
Warum denn bloß, um Himmels willen,
sollt' ich erneut nach hinten schielen?

Nach vorn ins Licht, richt' ich den Blick,
zur Schwärze kehr' ich nicht zurück.
Ich dank' dir, tiefe Dunkelheit!
Dein Zutun machte mich bereit,
mein Denken gänzlich neu zu zünden.
Es darf nun in die Liebe münden.

Wie Ruhe einkehrt

Der weise Lehrer
macht sich entbehrlich
und seine Schüler zu Lehrern.

Der weise Therapeut
macht sich entbehrlich
und seine Klienten zu Therapeuten.

Der weise Meister
macht sich entbehrlich
und seine Lehrlinge zu Meistern.

Der weise Gott
macht sich entbehrlich
und seine Menschen zu Liebe.

Der letzte Narzopath

Gestern habe ich es gespürt.
Wie einen milden Hauch tief in meinem Bauch.
Dann ist es also wahr!
Nur einer ist noch übrig.
Und auch er wird aus meinem Leben verschwinden.
Es wird geschehen.
Schon bald.

Die erlösende Gewissheit rollt auf mich zu.
Unaufhaltsam und unerschütterlich.
Wie eine Dampflok, die aus der Ferne heranrauscht.
Ihre Qualmfahne habe ich bereits erspäht,
auch wenn ich ihr rhythmisches Stampfen
noch nicht hören kann.
Doch es wird geschehen.
Sehr bald.

Der Musterspuk hat lange genug gewütet.
Ich habe nicht geruht, um seine Geheimnisse zu lüften.
Jeder Schritt war ein Schritt.
Und nun ist das letzte Gespenst gekommen.
Gekommen, um zu gehen.
Ich sehe es im Zug an mir vorbeigleiten.
Und winke nicht.

Der letzte Narzopath verschwindet aus meinem Leben.
Er entweicht wie stickige Luft, wenn ich mein Fenster öffne.
Er wird hinweggespült wie Staub auf dem Fensterbrett,
den sich der Regen holt.
Er wird sanft von der Abendbrise fortgeweht,
während ich befreit aufseufze.

Ich stehe am Fenster und atme klaren Frieden ein.
Meine Hände stützen sich auf das blanke Fensterbrett.
Es ist vorbei.
Endlich habe ich es ausgestanden.

Schluss mit dem Spuk.
Er endet wie eine Qualmfahne, die sich rasch in Luft auflöst,
nachdem die Dampflok hinter den Hügeln davongezogen ist.

s-Störung

Heilung kann beginnen,
wenn wir es schaffen,
das „s" im Aufwachsen
loszulassen.

Als ich am Boden lag

Als ich mal am Boden lag,
geschah etwas Unerwartetes.
Ich wurde getreten.
Ich wurde beworfen.
Ich wurde als Schwächling beschimpft.
Da wurde ich verletzt und ausgestoßen.
Da erlebte ich Ohnmacht.
Da war ich ein Opfer.

Als ich wieder am Boden lag,
konnte ich trotz aller Mühe keine Sicherheit finden.
Ich erwartete, getreten zu werden.
Ich meinte, beworfen zu werden.
Ich hatte Angst davor, als untauglich beschimpft zu werden.
Da fühlte ich mich verletzt und einsam.
Da erlebte ich die Ohnmacht wieder.
Da machte ich mich zum Opfer und war gefangen.

Als ich erneut am Boden lag,
nahm ich meinen ganzen Mut zusammen
und wünschte mir Sicherheit.
Ich hatte mich selbst hingelegt,
mich verletzlich gemacht
und die Menschen gebeten,
mich nicht zu treten,
nicht zu bewerfen
und nicht zu beschimpfen.
Sanfte Hände legten sich langsam und zart auf meinen Brustkorb.
Warme Hände umfassten meine Füße und gaben ihnen Halt.
Vertrauensvolle Hände hielten behutsam meinen Kopf.
Da fühlte ich mich gut aufgehoben.
Da erfuhr ich Trost und erlebte Verbundenheit.

Da machte ich eine korrigierende Erfahrung und war endlich frei.

Was würde mir mein Leben bedeuten
ohne die Reise vom Boden bis zum Boden?

Damokles 2.0

Sobald wir den Mut aufbringen,
ohne Säbel durch die Welt zu rasseln,
können wir endlich Unbeschwertheit empfinden.

Nicht, aber doch

Wir müssen uns nicht kennen,
um uns begegnen zu können.

Ich muss dich nicht kennen,
um dich sehen zu können.

Wir müssen keine Geschichten erzählen,
um uns verbinden zu können.

Ein weiser Mensch an diesem Ort

Als der Zug nicht mehr weiterfuhr, standen wir schlaftrunken auf, schulterten unsere Rucksäcke und kletterten auf den Bahnsteig hinaus. Unschlüssig blickten wir uns um. Dann liefen wir los, um den Ort zu erkunden. In unseren Augen gab es zu wenig Ort. Wir waren jung und wuselig, vibrierten vor Tatendrang und hatten ständig das Gefühl, etwas Wichtiges zu verpassen, wenn wir nicht sofort weitereilen würden.

Enttäuscht breiteten wir unsere Karte aus und starrten ratlos darauf herum. Ein unscheinbarer Mann schlenderte in unsere Richtung. In gebrochener Landessprache fragten wir ihn, wo es denn hier in diesen Breiten am schönsten sei. Er lächelte verschmitzt und beugte sich über unsere Karte. Nach drei Atemzügen, die uns wie eine Ewigkeit vorkamen, tippte sein Finger bestimmt auf einen Punkt auf dem Papier. Wir bedankten uns und machten uns sogleich an die Reiseplanung – bis wir begriffen, dass der Mann auf eben diesen Ort getippt hatte.

Jetzt war es zu spät zum Weiterfahren. Missmutig suchten wir nach einer passenden Stelle und schlugen mürrisch unser Zelt auf. Der Abend erwies sich als ungewöhnlich friedlich. Die Luft war seidig, unsere Stimmung wurde sanft. Wir saßen lange im Freien und beobachteten wortlos, wie die Nacht hereinbrach. Nie wieder haben wir einen Sternenhimmel von solcher Klarheit erlebt. Wir konnten unsere Augen nicht davon losreißen. Zum ersten Mal in unserem jungen Leben waren wir zu dieser Zeit an diesem Ort. Mit dem Morgen dämmerte uns, wie weise der unscheinbare Mann gewesen sein musste.

Noch oft hat sich das nagende Empfinden gemeldet, dass wir etwas Wesentliches verpassen würden, wenn wir nicht umgehend rastlos weiterhasten würden. Doch ab und zu gelingt es uns, das surrende

Vibrieren hinter uns zu lassen und in diese Zeit zu kommen. Dann sind wir für ein paar Wimpernschläge zwei weise Menschen an diesem Ort.

Quell

Auf meiner lauschigen Lichtung habe ich
eine kleine Sandsteinsäule entdeckt.
Sie steht direkt am Waldrand
und reicht mir bis zum Herzen.

Aus einer Öffnung im oberen Bereich
sprudelt perlend Quellwasser.
Ich genieße das ruhige und friedliche Geräusch.

Das perlende Nass sammelt sich
in einem rundlichen Auffangbecken.
Von dort fließt das Wasser unsichtbar ab.
Wohin?

Inzwischen weiß ich,
dass der benachbarte Garten damit versorgt wird.
Die Hummeln auf den Blüten haben es mir zugesummt.

Neulich hatte ich die spontane Eingebung,
einen Becher unter die Öffnung zu halten.
Ohne lange nachzudenken,
goss ich seinen Inhalt über einem Blatt Papier aus.

Das war verblüffend schön. Erfreulich verbindend.
Ein prickelndes Gefühl.
Auf dem Papier erschienen wie von Zauberhand
Buchstaben und Worte.

Ich teile mein Geschenk mit euch.

Danksagungen

Ich danke Bov Bjerg für sein liebevolles Feedback.
Ich danke Matthias Jügler für sein Buch „Die Verlassenen", nach dessen Lektüre „Der Zaungast" ans Tageslicht kam.
Ich danke Stefanie Steenken, deren Bücher mich angeschubst haben.
Ich danke Karaun für seine Ermutigung, durch die sich „Heinrichs ABC" zeigen konnte.
Ich danke Petra Müller für ihr wertvolles und wertschätzendes Feedback.
Ich danke César Couto für das Umschlagfoto.
Ich danke allen, die mir Mut gemacht haben.

Über den Autor

Tim Noack, geboren 1971 in Naumburg (Saale), ist Fotograf und Schwungschreiber. Als Kind wollte er Drucker, Kinderbuchautor und Lehrer werden. Daraus wurde ein Fließbandjob in der Paketsortierung, ein Fremdsprachenstudium, eine langjährige Übersetzertätigkeit sowie ein kurzes, aber intensives Rendezvous mit dem Lehrerberuf. Tim ist passionierter Autodidakt, Quereinsteiger und Seitenaussteiger. Er liebt Sprache, Fantastik, Füllfederhalter, Schreiben, Tischtennis und friedliches Sein. Tim ist verheiratet und lebt mit seiner Familie nördlich von Berlin.

Mehr Infos   timnoack.de
Kontakt   musterspuk@timnoack.de